Fab

Konsole de

In der Reihe „1000 Gefahren" sind erschienen:

RTB 52340 · Edward Packard, *Die Insel der 1000 Gefahren*
RTB 52343 · Edward Packard, *1000 Gefahren zur Geisterstunde*
RTB 52344 · R. A. Montgomery, *Der Urwald der 1000 Gefahren*
RTB 52345 · Fabian Lenk, *Das Meer der 1000 Gefahren*
RTB 52346 · Fabian Lenk, *Die Pyramide der 1000 Gefahren*
RTB 52361 · Fabian Lenk, *Das Fußballspiel der 1000 Gefahren*
RTB 52363 · Fabian Lenk, *Die Wüste der 1000 Gefahren*
RTB 52396 · Fabian Lenk, *1000 Gefahren auf dem Piratenschiff*
RTB 52397 · Edward Packard, *1000 Gefahren im Strafraum*
RTB 52407 · Fabian Lenk, *1000 Gefahren im Gruselschloss*
RTB 52437 · Frank Stieper, *1000 Gefahren im Internet*
RTB 52463 · Fabian Lenk, *1000 Gefahren in der Drachenhöhle*
RTB 52474 · Fabian Lenk, *1000 Gefahren bei den Rittern der Tafelrunde*
RTB 52475 · Edward Packard, *1000 Gefahren am Katastrophentag*
RTB 52498 · Fabian Lenk, *1000 Gefahren im alten Rom*
RTB 52501 · Fabian Lenk, *1000 Gefahren im Reich des Pharao*
RTB 52516 · Fabian Lenk, *1000 Gefahren im Fußballstadion*
RTB 52526 · Fabian Lenk, *1000 Gefahren bei den Dinosauriern*
RTB 52541 · Fabian Lenk, *1000 Gefahren bei den Indianern*
RTB 52549 · Fabian Lenk, *Das Handy der 1000 Gefahren*
RTB 52550 · Fabian Lenk, *Die Safari der 1000 Gefahren*
RTB 52555 · Fabian Lenk, *Agent der 1000 Gefahren*
RTB 52556 · Fabian Lenk, *1000 Gefahren in den USA*
RTB 52567 · Fabian Lenk, *1000 Gefahren in der Wildnis*
RTB 52571 · Fabian Lenk, *Die Mannschaft der 1000 Gefahren*
RTB 52572 · Fabian Lenk, *Konsole der 1000 Gefahren*
RTB 52579 · Fabian Lenk, *1000 Gefahren auf dem Mars*
RTB 52591 · Fabian Lenk, *1000 Gefahren in der Schule des Schreckens*
RTB 52592 · Fabian Lenk, *Fußballpokal der 1000 Gefahren*
RTB 52598 · Fabian Lenk, *Das Laserschwert der 1000 Gefahren*
RTB 52607 · Fabian Lenk, *Der Superheld der 1000 Gefahren*
RTB 52617 · Fabian Lenk, *Die App der 1000 Gefahren*

Fabian Lenk

Konsole der 1000 Gefahren

Mit Illustrationen
von Stefani Kampmann

Ravensburger Buchverlag

Als Ravensburger Taschenbuch
Band 52572
erschienen 2017

Cover und Innenillustrationen: Stefani Kampmann
Lektorat: Andreas Rode

Printed in Germany

4 5 E D C B A

ISBN 978-3-473-52572-0

www.ravensburger.de

Warnung!

Lies dieses Buch nicht in einem Zug von vorne bis hinten durch. Es enthält verschiedene Abenteuer, die du als Gamer erleben kannst. Aber sei vorsichtig, denn überall lauern Gefahren – in der virtuellen Welt ebenso wie in der realen. Im Spiel begegnen dir unbarmherzige Krieger, tödliche Fabelwesen und undurchsichtige Kräuterhexen. Und in der Wirklichkeit triffst du auf zwielichtige Händler, skrupellose Hacker und tollkühne Ganoven. Du musst erbitterte Kämpfe, waghalsige Autorennen und vieles andere bestehen.
Überleg also gut, wem du Vertrauen schenkst. Denk nach, bevor du dich entscheidest. Wenn du einen Fehler machst, gibt es kein Zurück! Dein Überleben hängt von deinem schnellen und guten Urteilsvermögen ab.

Viel Glück!

7

Endlich hast du die Hausaufgaben erledigt! Jetzt gibt es nur noch eins: Ran an die Konsole, das neue Fußballspiel wartet auf dich. Flanken, köpfen, Tor schießen. Grätschen, foulen, Karten sammeln. Das ist genau dein Ding!
„Alex?" Das ist die Stimme deiner Mutter, die durch den Flur in dein Zimmer schallt.
„Ja", rufst du zurück und seufzt.
„Bringst du bitte den Müll raus?"
Grrrr! Du willst an der Konsole spielen und nicht eine stinkende Tüte durchs Haus schleppen. Schon gar nicht jetzt!
„Kann das nicht Kati machen?", erwiderst du und hoffst, dass deine Schwester den Zuschlag bekommt.
Irrtum. Deine liebe Mama hat dich auserkoren für den tollen Job.
„Alexander, ich mag solche Diskussionen nicht!", sagt sie.
Immer, wenn deine Mutter Alexander statt Alex sagt, weißt du, dass sie es ernst meint. Sehr ernst.
Wieder seufzt du. Ergeben legst du das Gamepad beiseite und trottest in die Küche.
„Lieb von dir", flötet deine Mutter.
Wortlos schnappst du dir den Müllbeutel und bringst ihn raus zur großen schwarzen Tonne hinter der Garage.

Lies weiter auf Seite 116

8 Mit größter Überwindung löffelst du die grünliche Brühe, in der einige knorpelige Bröckchen schwimmen, in dich hinein. Sie schmeckt, wie sie aussieht: furchtbar.

Aber während du tapfer isst, klettert deine Lebensenergieanzeige in den grünen Bereich. Du fühlst dich plötzlich extrem stark und mächtig. Du bist bereit, es mit jedem aufzunehmen.

„Danke, gute Frau“, sagst du und verlässt ihre Hütte.

Du schwingst dich auf dein Pferd und begibst dich auf eine abenteuerliche Reise durch die Welt des Konsolenspiels. Du gewinnst jeden Kampf und jedes Turnier.

Du scheinst unbesiegbar.

Und wenn du doch mal einen Treffer abbekommst und verletzt wirst, wenn die Energieleuchte langsam rot wird – dann weißt du ja, wo du hingehen musst, um wieder zu Kräften zu kommen …

Jedes Mal päppelt dich die alte Frau mit ihrem Geheimtrank auf und dank ihrer Hilfe wirst du zum Star in diesem Konsolenspiel!

Ende

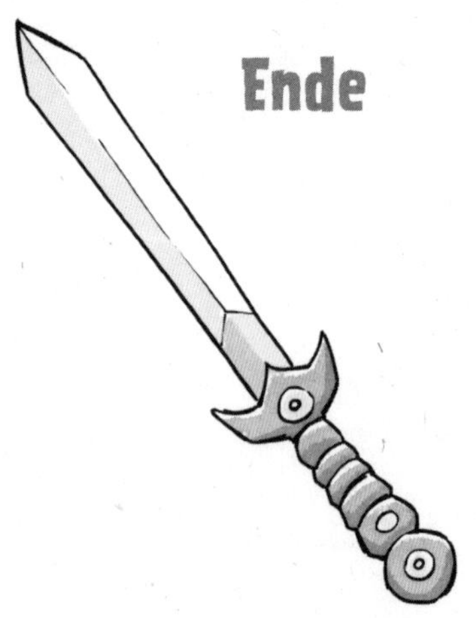

Du stutzt. Was ist das für ein komischer Text? Du liest ihn noch einmal:

Hi Alex. Wir wissen, dass du ein besonders guter Gamer bist. Du hast eine Menge Tricks drauf und bist extrem schnell. Außerdem hast du gute Nerven. Daher haben wir dich ausgesucht, um ein ganz besonderes Spiel auszuprobieren. Ein Spiel, das du nie vergessen wirst.

Dir läuft ein Schauder den Rücken hinunter. Woher kennen die deinen Namen? Wer ist der Absender der SMS?

Du scrollst ganz nach unten. Absender? Fehlanzeige.

Hm, komisch. Neugierig, wie du bist, liest du oben weiter:

Es wurden nur ganz wenige Gamer der Extraklasse ausgesucht. Niemand sonst weiß davon. Alles ist streng geheim. Wenn du mitspielen willst, komm heute Abend um 21 Uhr in die Schwarze Allee 177.

Du googelst diese Straße. Die Adresse liegt am Stadtrand.

Wenn du hingehst, lies weiter auf Seite 80

Wenn du nicht hingehst, lies weiter auf Seite 115

10

„Vielen Dank, aber irgendwie habe ich doch keinen Hunger“, sagst du und wendest dich zum Gehen. Das Zeug rührst du niemals an, das ist garantiert das pure Gift!

„Wie bitte? Ich will mein karges Mahl mit dir teilen, und du lehnst ab – Frechheit!“, keift die Alte.

Du hast schon den Türgriff in der Hand, als sich ein Messer neben dir ins Holz bohrt.

Du wirbelst herum und ziehst das Schwert. Die Frau springt auf dich zu und tritt dir die Waffe aus der Hand. Dann verpasst sie dir einen Satz warme Ohren. „Dir werde ich Manieren beibringen!“, schreit sie, zieht dich an den Haaren und tritt dir in den Hintern, dass du quer durch den Raum fliegst. Hilfe!, denkst du, wieso ist diese kleine alte Frau so unglaublich stark?

Klar, es ist ein Konsolenspiel, das hat nichts mit der Wirklichkeit zu tun.

Zack, schon bekommst du noch eine Ohrfeige. Und einen weiteren Tritt in den Hintern, der dich aus der Hütte befördert.

Deine Lebensenergieanzeige flackert noch einmal auf, dann heißt es: Game over.

Darunter steht ein hämischer Zusatz:

Ausgeschaltet von einer 128-Jährigen!

Ende

Bestimmt wird sich alles klären lassen. Vielleicht gelingt es dir ja auch, den Händler zur Aufgabe und dann sogar zur Zusammenarbeit mit der Polizei zu überreden.
Nein, das gelingt dir nicht.
Denn als der Mann in eurem Haus ist, zieht er eine Pistole und verlangt die Herausgabe der CD.
Notgedrungen gehorchst du. Der Kerl schließt dich im Keller ein und entkommt.
Erst Stunden später kannst du dich befreien. Natürlich gehst du zur Polizei – aber die Fahndung verläuft ergebnislos.
Von dem Händler und der CD hörst du nie wieder etwas.

Ende

Spaßeshalber nimmst du hinter dem Steuer Platz und legst den Gurt an. Auch die anderen Jugendlichen tun das.
Aber was ist das? Plötzlich springt der Motor an – wie von Geisterhand. Gleichzeitig erscheint auf dem Bildschirm in der Mitte des Armaturenbretts das Gesicht eines jungen Mannes.
„Hi, ich bin Arthur", sagt er freundlich und deutet auf eine Konsole und ein Gamepad. „Ich steuere dich und das Auto."
„Wie bitte?", fragst du entsetzt.
„So ist es", meint Arthur. „Da gilt auch für die anderen Wagen. Sie werden ebenfalls von Leuten an ihren Konsolen gesteuert – online. Die Strecke wird komplett mit Kameras überwacht und alles auf die Bildschirme der Gamer übertragen. Cool, oder?"
„Nein!", rufst du.
„Doch!", lacht Arthur. „Du wirst als mein von mir gesteuerter Fahrer gegen die anderen antreten. Du lenkst zwar nicht den Wagen, aber kannst allerlei Waffen gegen die anderen einsetzen, um ihre Autos zu demolieren."
„Niemals!"
„Klar, so machen wir es!", ruft Arthur. „Und noch was: Ich will das Rennen gewinnen. Es geht um zehntausend Euro. Also enttäusch mich nicht! Ich gebe dir auch die Hälfte ab."

**Wenn du zum Schein mitmachst,
um diesen Irren das Handwerk zu legen,
lies weiter auf Seite** **27**

**Wenn du versuchst,
aus dem Auto herauszukommen,
lies weiter auf Seite** **95**

Du winkst, der Wagen hält. Am Steuer sitzt ein uralter Mann. Auch das noch …

Du sagst, worum es geht, und der Alte zeigt auf den Beifahrersitz. „Setz dich. Die Typen holen wir ein. Denen werden wir schon das Handwerk legen!“

„Wirklich? Mit diesem Auto?“

Der Alte grinst. „Aber hallo! Der Wagen hat über 400 PS.“

Wie bitte? Das kannst du kaum glauben – bis der Mann Gas gibt. Der Motor brüllt und faucht, das Auto schießt los. Nach zehn Sekunden zittert die Tachonadel bei 260 km/h. Wow!

Schon siehst du die Meute der Spielerautos. Ihr fliegt förmlich heran, der Alte rammt das erste Auto ganz leicht von hinten, sodass es von der Piste trudelt. Schüsse peitschen, doch dein Fahrer winkt ab: „Kein Ding, alles Panzerglas.“

Er kickt noch zwei andere Autos von der Bahn und ist jetzt an erster Stelle. Ein Knopfdruck, und vier Nagelbretter fallen auf die Straße. Die Reifen der anderen Autos knallen wie Sektkorken. Alle bleiben stehen. Da bremst auch der alte Mann, zieht einen Revolver, läuft zu den armen Jugendlichen hinter den Lenkrädern und befreit sie. Dann ruft er die Polizei.

Lächelnd dreht er sich zu dir um: „Tja, gelernt ist gelernt. Ich war früher auch Polizist und habe Raser auf der Autobahn gejagt!“

Ende

„Hi!", sagst du ganz locker zu den anderen.
Die Jugendlichen sind doch ganz locker drauf. Ihr unterhaltet euch und stellt fest, dass ihr alle hierher beordert worden seid, weil ihr so „tolle Gamer" seid.
„Klasse", höhnt eines der drei Mädchen. „Und wo ist das Game?"
Niemand von euch weiß darauf eine Antwort.
Natürlich fragst du dich auch, warum hier die Autos stehen. Du läufst um einen der Wagen herum. Die Karre ist wirklich megacool. Überrascht stellst du fest, dass das Auto nicht verschlossen ist.

Wenn du dich mal kurz hinter das Steuer setzt, lies weiter auf Seite 12

Wenn du lieber nicht in das Auto einsteigst, lies weiter auf Seite 86

16

Nichts wie weg hier, die Kerle sind schließlich deutlich in der Übermacht.

Du flitzt los und hörst, wie die anderen dir hinterherrennen. Im Laufen wirfst du einen Blick über die Schulter und siehst, wie einer der Verfolger den Bogen spannt. Schon fliegt ein Pfeil auf dich zu.

Du wirfst dich zu Boden, doch du bist ein bisschen zu langsam – der Pfeil findet sein Ziel.

Und das bedeutet: Game over!

Ende

„Bleib stehen!", schnarrt die Stimme des Mannes.
Von wegen! Der Kerl hat dir doch keine Befehle zu erteilen! Schon hast du die Türklinke in der Hand.
Da kracht ein Schuss. Die Kugel bleibt neben dir im Türrahmen stecken.
„Bleib stehen!", erklingt die Stimme noch einmal.
Notgedrungen gehorchst du und drehst dich um.
„Was wollen Sie?", fragst du und ärgerst dich, dass deine Stimme zittert.
Der Mann lächelt. „Du möchtest doch die Konsole, oder?"
„Na klar. Aber ich mache keine Geschäfte mit einem Typ, der auf mich schießt."
„Vielleicht ja doch", erwidert der Mann. „Ich biete dir ein ganz besonderes Geschäft an: Du bekommst die Konsole geschenkt, wenn du für mich einen kleinen Job erledigst."
Jetzt bist du doch ganz Ohr.
„Bring eine Konsole zur Autobahnbrücke am Westkreuz. Dort ist ein auffälliges Graffiti. Es zeigt zwei purpurfarbene Kreuze. Davor legst du die Konsole ab und nimmst einen Koffer in Empfang. Den bringst du hierher. Sobald ich den Koffer habe, bekommst du die Konsole – umsonst."
Du bist dabei!

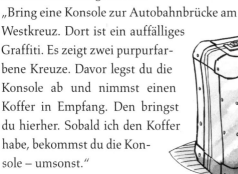

Lies weiter auf Seite 24

Du verriegelst die Tür und lehnst dich schwer atmend dagegen.
Zwei Minuten vergehen, dann drei.
Kannst du es wagen, die Toilette zu verlassen?
Da klopft es an der Tür.
Du hältst die Luft an. Wer ist das?
„Hallo, dauert das noch lange?“, hörst du die Stimme einer Frau. „Die anderen Toiletten sind auch alle besetzt, beeilen Sie sich doch mal!“
Du entspannst dich. Eine Frau, denkst du. Da droht keine Gefahr. Brav öffnest du die Tür.
Da folgt der Schock: Denn dort steht keine Frau, da steht der Händler mit einer Pistole.
„Meine Stimme verstellen konnte ich schon immer gut“, sagt er und lächelt kalt. „Zwischen der Kohle ist ein Peilsender versteckt. Man kann ja nie wissen. Und jetzt habe ich dich gefunden. Gib mir das Geld und komm nicht auf dumme Ideen!“

Wenn du versuchst, den Kerl zu überlisten, lies weiter auf Seite 28

Wenn du gehorchst, lies weiter auf Seite 94

Nein, so viel ist keine Konsole der Welt wert.
Also startest du lieber dein Fußballspiel. Du wählst einen Turniermodus und erreichst das Halbfinale. Dort setzt du dich im Elfmeterschießen durch, weil dein Torwart heute sehr gute Nerven hat und fast alles hält.
Im Finale musst du wieder in die Verlängerung – doch du bleibst ruhig, lauerst auf deine Chance und triumphierst schließlich mit 2:1.
Der Tag ist gerettet, du bist der Champion!

Ende

20

Wow, das fühlt sich gut an! Das Auto hat ein Automatikgetriebe, sodass dir das Anfahren nicht schwerfällt.
Schon rollst du los.
Du nimmst ein wenig Fahrt auf, doch es ist seltsam: Wenn du das Gaspedal trittst, passiert nichts. Auch nicht, wenn du die Bremse berührst.
Du schaust in den Rückspiegel und siehst, dass der Mann mit der Sonnenbrille etwas in den Händen hält, das dich an eine Spielkonsole erinnert.
O Gott! Lenkt er den Wagen mit dir am Steuer etwa aus der Ferne? Bist du sein Spielzeug?
Jetzt prescht der Wagen nach vorn und du kannst nichts machen! Auweia …
Deine Panik wächst, als du plötzlich ein Polizeiauto siehst. Du rast an dem Wagen vorbei. Prompt nimmt die Polizei die Verfolgung auf, aber du bist zunächst zu schnell. Als sich jedoch ein zweites Polizeiauto vor dir auf der Straße querstellt, ist deine Flucht zu Ende.
Du bekommst nun eine Menge Ärger. Der Typ mit der Sonnenbrille jedoch bleibt unauffindbar.

Ende

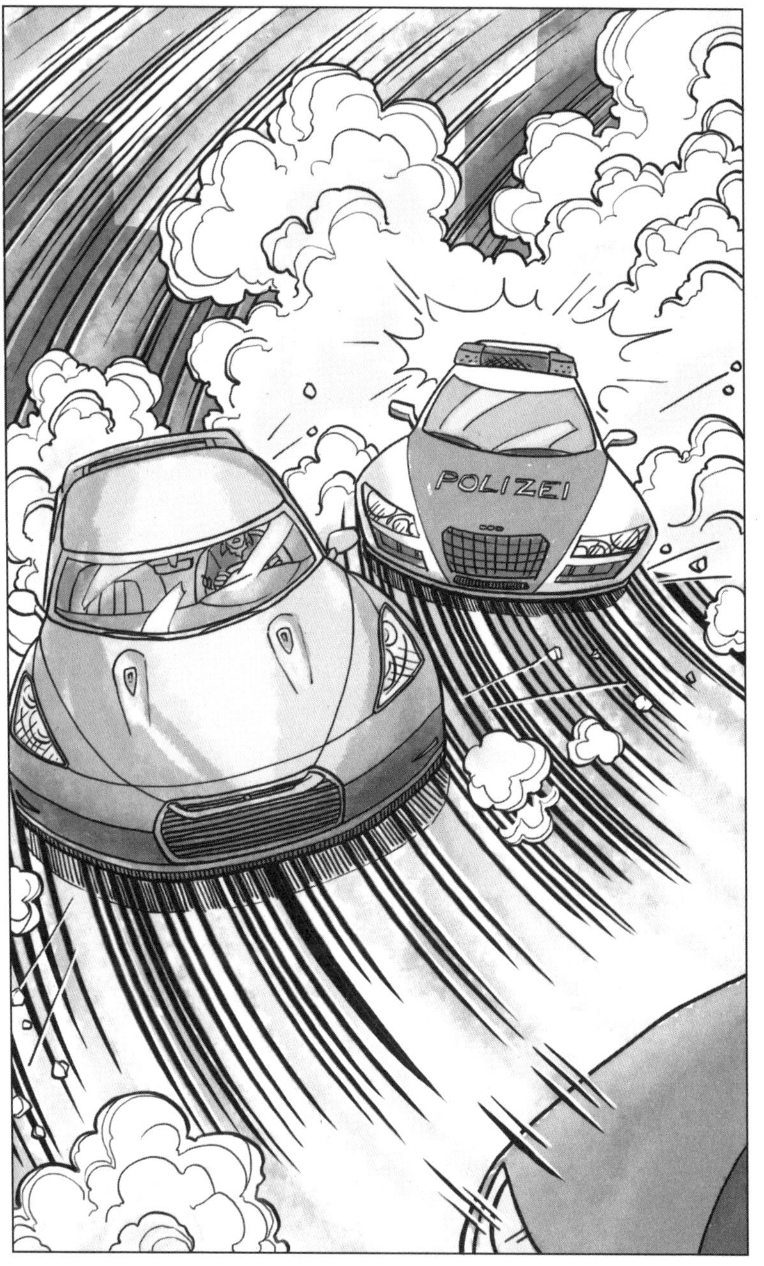
POLIZEI

In Windeseile handelst du mit dem Mitspieler und verkaufst dein Pferd zu einem fantastischen Preis.

Ha, du bist eben ein echter Preisfuchs und der geborene Händler.

Dummerweise kommst du zu spät zum Unterricht und wirst ermahnt. Während der Deutschstunde bist du überhaupt nicht bei der Sache. Heimlich holst du dein Handy hervor und kontrollierst, ob auf dem Hof alles gut läuft.

Das tut es leider nicht, stellst du in der zweiten großen Pause fest. Du musst dich um einiges kümmern. Auf dem kleinen Handydisplay ist das aber kaum möglich. Du brauchst eigentlich deinen Computer. Doch du hast noch zwei Stunden Sport. Mist!

Wenn du den Unterricht schwänzt,
lies weiter auf Seite **51**

Wenn du es trotzdem am Handy probierst,
lies weiter auf Seite **63**

Du drückst den Joystick nach unten und richtest das Geschütz auf eure eigene Motorhaube. Dann drückst du den Feuerknopf.

Die Kugeln zerfetzen euren Motor. Nach wenigen Sekunden fängt er Feuer.

„Du Wahnsinniger!“, hörst du Arthurs Stimme. „Wer ist so gaga und schießt auf sein eigenes Auto?“

„Ich, denn das ist nicht mein Auto und auch nicht mein Spiel!“, rufst du. „Du hast mich dazu gezwungen!“

Die Flammen schlagen aus dem Motorraum, der Qualm ist so dicht, dass er dir die Sicht raubt. Endlich wird das Auto langsamer, dann bleibt es stehen. Eine unglaubliche Hitze breitet sich aus.

Du zerrst am Gurt, aber nach wie vor lässt er sich nicht öffnen.

„Hilf mir!“, flehst du Arthur an.

„Dir? Warum? Du hast alles vermasselt!“, sagt der Mistkerl. Aber dann drückt er doch irgendeinen Knopf und du kannst dich aus dem Auto befreien, bevor es in die Luft fliegt.

Wenn du nach Hause rennst und die ganze Sache zu vergessen versuchst, lies weiter auf Seite **54**

Wenn du versuchst, den anderen zu helfen, lies weiter auf Seite **88**

Das ist doch ein einfacher Job, oder?

Du machst dich mit der Konsole auf den Weg. Nach kurzer Suche findest du das Graffito mit den purpurfarbenen Kreuzen. Hier ist weit und breit niemand zu sehen. Du bist allein an diesem Ort.

Das glaubst du jedenfalls.

Auftragsgemäß legst du die Konsole ab und schaust dich nach dem Koffer um.

Da ist er ja, halb verborgen von einem Holunderbusch! Du schnappst ihn dir.

Okay, jetzt schnell zurück zu dem Händler und dann …

„He mein Freund, leg den Koffer schön wieder ab", schnarrt eine Stimme hinter dir.

O Gott, wer ist das?

Wenn du gehorchst,
lies weiter auf Seite **29**

Wenn du wegrennst,
lies weiter auf Seite **107**

Du sollst eine andere Konsole samt CD zu einer Kirche bringen, ohne die Konsole zu benutzen oder die CD anzuschauen. In der Kirche sollst du die Konsole und die CD um Punkt 17 Uhr unter einer ganz bestimmten Bank deponieren und stattdessen einen Umschlag mitnehmen, der dort liegt.
„Diesen Umschlag wirst du ebenfalls nicht öffnen, sondern hierher zu mir bringen", befiehlt der Händler.
Als du vor seinem Laden stehst, atmest du erst einmal tief durch.
Was für eine irre Geschichte!
Es interessiert dich brennend, was auf der CD drauf ist.

Wenn du einen kleinen Umweg machst, um dir die CD daheim anzuschauen, lies weiter auf Seite 31

Wenn du den Job auftragsgemäß erledigst und nicht schnüffelst, lies weiter auf Seite 65

26 Du willst das Geld für die Konsole zurück, doch das lehnt der Mann ab – schließlich hat er dir ganz korrekt die Konsole verkauft. Von den beiden anderen Sachen war ja nie die Rede …

So ein fieser Typ!

Aber du lässt dich nicht erpressen und gehst einfach. Irgendein Laden wird die fehlenden Dinge doch wohl haben.

Leider ist das ein Irrtum.

Du bekommst die Sachen nirgendwo.

Tja, jetzt hast du eine tolle Konsole, kannst aber herzlich wenig damit anfangen.

Dumm gelaufen …

Ende

Schon beginnt das Rennen, die acht Autos schießen los und brettern über die Piste!
Arthur hat einen blendenden Start hingelegt, er befindet sich an erster Stelle.
Das Auto jagt ein Stück geradeaus. Plötzlich taucht im Rückspiegel ein Verfolger auf und rammt deinen Wagen von hinten.
„Drück den roten Knopf", schreit Arthur, der wieder auf dem Bildschirm zu sehen ist. „Dann spritzt Öl auf die Fahrbahn, und der Mistkerl hinter uns kommt ins Schleudern!"

**Wenn du den roten Knopf drückst,
lies weiter auf Seite 34**

**Wenn du den roten Knopf nicht drückst,
lies weiter auf Seite 78**

„Tja, dumm gelaufen", sagst du.
„Allerdings", meint der Händler. „Aber nur für dich."
Du reichst ihm die Tasche und er greift gierig zu.
Im letzten Moment reißt du die Tasche hoch, sodass sie von unten gegen die Pistole schlägt.
Der Lauf wird nach oben gedrückt, ein Schuss fällt – aber die Kugel verfehlt dich und bohrt sich in die Deckenverkleidung.
Du wirfst dich auf den Mistkerl und ihr stürzt kämpfend zu Boden.
Durch den Knall alarmiert stürmen ein Schaffner und zwei kräftige Fahrgäste herbei.
Man trennt euch und hält euch fest.
Jetzt kannst du sagen, dass der Händler ein Gangster ist. Am nächsten Bahnhof wird der Kerl verhaftet und das Geld sichergestellt.
Du hast zwar die Beute nicht – aber der Händler auch nicht!

Langsam bückst du dich, um den Koffer abzustellen. Doch dann schießt du herum und schlägst mit dem Koffer zu.
Volltreffer! Du erwischst den Kerl genau unter dem Kinn und schickst ihn ins Reich der Träume.
Schwer atmend beugst du dich über den Kerl. Er trägt ein feines Sakko. Es ist verrutscht und du erkennst mit Grausen, dass der Mann einen Revolver bei sich hat.
Was ist in dem Koffer? Bestimmt etwas sehr Wertvolles! Zu gern würdest du ihn aufmachen … Der Koffer ist zwar mit zwei Zahlenschlössern gesichert, aber mit deinem Taschenmesser könntest du sie bestimmt knacken.

**Wenn du den Koffer nicht öffnest,
lies weiter auf Seite** **65**

**Wenn du die Schlösser zu knacken versuchst,
lies weiter auf Seite** **113**

Die Beamten sind sofort bereit, Sperren zu errichten. Doch leider tun sie das an den falschen Stellen, weil du ihnen nicht genau sagen kannst, wohin die Teilnehmer an dem Rennen fahren. Vielleicht haben Arthur und die anderen auch den Polizeifunk abgehört und so mitbekommen, was die Beamten vorhaben.

Die Aktion verpufft jedenfalls, keiner der Spieler wird geschnappt.

Am nächsten Tag studierst du genau die Schlagzeilen in den Medien. Dir fällt ein Stein vom Herzen, als du nirgendwo etwas über ein illegales Autorennen mit Verletzten oder gar Toten liest. Dann ist wenigstens niemandem etwas passiert – und das ist die Hauptsache!

Ende

Du kannst es einfach nicht lassen, denn bestimmt ist ein megacooles Spiel auf der CD. Zeitlich müsste es auch hinhauen. Also saust du schnell nach Hause, schließt die Konsole an deinem Fernseher an und legst die CD ein. Mit großen Augen schaust du auf den Bildschirm. Welches actionreiche Spiel mag wohl jetzt kommen?
Gar keins.
Auf dem Bildschirm ist eine Liste mit Namen, Kontonummern und sehr hohen Geldbeträgen zu sehen.
Du stutzt. Einige der Namen hast du schon mal gehört. Es handelt sich um sehr reiche Prominente.
Was ist das nur für eine Liste?

Wenn du der Sache auf den Grund gehst, lies weiter auf Seite 58

Wenn du nicht recherchierst, weil dir das Ganze zu heiß wird, lies weiter auf Seite 82

32

Du ziehst das Schwert und balancierst über den Grat. Die Vögel kommen näher, kreisen über dir. Jetzt stößt das erste Biest herab und pickt dir in die Schulter. Sofort verlierst du etwas Lebensenergie. Wütend schlägst du nach dem elenden Vogel. Doch er ist viel zu schnell für dich. Seine gefiederten Kollegen attackieren dich ebenfalls. Von allen Seiten greifen sie dich an. Da gibt es nur noch eins: Du rennst los. Was für eine irre Idee, auf so einem schmalen Weg!

Doch du bist ebenso flink wie geschickt und erreichst eine Art Plateau am Ende des Pfades. Dort öffnet sich der schwarze Schlund einer Höhle. Nichts wie rein! Die Biester bleiben draußen – ein Glück!

Erschöpft lehnst du dich gegen die Felswand und atmest tief durch. Doch da schießt etwas aus dem Halbdunkel auf dich zu: eine riesige hässliche Kreatur mit dem Kopf einer Hyäne und dem Körper eines Stiers. In letzter Sekunde reißt du das Schwert hoch. Es wird ein harter Kampf, das Vieh verbeißt sich in dich und verletzt dich schwer. Die Anzeige deiner Lebensenergie flackert rot, aber du kannst auch diesen Feind besiegen. Du wankst tiefer in die Höhle hinein und findest einen gewaltigen Goldschatz. Jackpot! Du bist am Ziel und bekommst als Prämie eine Rüstung. So kann das Spiel weitergehen! Rasch wirst du zum wahren Meister und alle anderen Spieler bewundern dich. Was für eine tolle Konsole!

Ende

Zack, schon wieder kracht dir das andere Auto ins Heck! Verdammt, du musst wohl doch diesem verrückten Arthur gehorchen, sonst nimmt das kein gutes Ende.
Du drückst den roten Knopf, starrst in den Rückspiegel und beobachtest, wie das Auto des Verfolgers ins Schlingern gerät und von der Piste rutscht.
„Ha, super gemacht!“, jubelt Arthur. „Dem haben wir es gezeigt!“
Mit Vollgas jagt euer Wagen über die Straße. Du wagst einen Blick auf den Tacho: 218 km/h. O Gott!
Das Ende der Straße, eine Mauer, schießt auf euch zu.
„Bremsen, bremsen!“, kreischst du.
„Wer bremst, verliert“, höhnt Arthur und lacht leicht irre.
Doch nun wird das Auto zum Glück deutlich langsamer. Ihr schleudert in eine Kurve, dann beschleunigt der Wagen rasant.
Plötzlich nehmen euch zwei Autos in die Zange. Am Steuer sind Girls, die dir kurz zuwinken, bevor sie dich seitlich rammen. Blech verbiegt sich, Plastik platzt, die Scheiben durchziehen plötzlich feine Risse.
„Die Bordkanone, benutz die Bordkanone!“, brüllt Arthur.

**Wenn du die Bordkanone benutzt,
lies weiter auf Seite 41**

**Wenn du Arthur einen Vogel zeigst,
lies weiter auf Seite 53**

Du schnappst dir Laptop und CD, jagst nach oben, öffnest eine Luke und ziehst dich auf das Dach. Dir gelingt die Flucht! Du setzt dich auf eine Bank, gehst online und googelst den Namen eines der Prominenten. Ihm gehört eine Filmgesellschaft. Du rufst in seinem Büro an und sagst, dass du eine ganz heiße Information für ihn hättest. Seine Sekretärin will dich abwimmeln, aber du gibst nicht auf, bis du den Promi am Telefon hast.
„Ich weiß, dass Sie Geld vor dem Finanzamt verstecken", sagst du. „Sie hinterziehen Steuern in großem Stil."
„Unverschämtheit, ich lege gleich auf."
„Das sollten Sie lieber nicht, denn ich habe eine CD mit Beweisen", erwiderst du und nennst dem Mann seine Kontonummer und den Betrag, den er auf diesem Konto gebunkert hat.
„Hm, verstehe …", sagt der Promi. „Was wollen Sie für die CD?"
„Eine halbe Million", erwiderst du kühn.
Widerstrebend willigt der Mann ein. Heute um 20 Uhr soll die Übergabe an einem Brunnen im Park erfolgen.
„Kommen Sie unbedingt allein", ordnest du noch an.
Nachdem das Gespräch beendet ist, bekommst du doch Angst: Was ist, wenn der Kerl dir eine Falle stellt?

**Wenn du trotzdem hingehst,
lies weiter auf Seite** **96**

**Wenn du nun doch die Polizei einschaltest,
lies weiter auf Seite** **97**

„Guten Abend", grüßt du freundlich. „Wie ich sehe, haben Sie einen Koffer mit dem Geld dabei."

„Ja, du mieser kleiner Erpresser", erwidert der Promi mit mühsam unterdrückter Wut.

„Machen Sie den Koffer auf, ich will wissen, ob da wirklich Geld drin ist", sagst du.

Der Mann gehorcht und deine Augen werden groß wie Untertassen. Scheine, lauter Scheine – herrlich!

„Wunderbar, und jetzt wieder zumachen und mir geben", sagt jemand. Aber dieser Jemand bist nicht du … Eisiges Entsetzen überfällt dich, während du dich langsam umdrehst.

Da steht der Konsolenhändler! Er hat eine Pistole, deren Lauf auf dich gerichtet ist.

Er lächelt. „Dummkopf. Aber schönen Dank, dass du die Übergabe so sauber eingefädelt hast. Ich habe dich seit deiner Flucht über das Dach im Auge behalten. Doch das ist dir offenbar entgangen."

Er schnappt sich den Geldkoffer und verschwindet in der Nacht.

Du siehst ihn und das Geld nie wieder …

Ende

Du knallst den Hörer auf und holst die CD. Denn plötzlich hast du die grandiose Idee, die CD zu Geld zu machen. Du könntest doch einen der reichen Herren um eine milde Gabe bitten. Deine Gegenleistung: Du vernichtest die CD, die den Mann belastet.
Jetzt musst du hier nur noch raus. Aber vor der Haustür lauert der Typ.

Wenn du über das Dach zu entkommen versuchst, lies weiter auf Seite 35

Wenn du mit der Beute durch den Garten fliehst, lies weiter auf Seite 77

Wieder ist der grüne Pfeil zu sehen und du folgst ihm.
Du fragst dich, wohin dich das Spiel führen und welche Aufgaben es dir stellen wird.
Während du durch die Wälder wanderst, bemerkst du, dass deine Lebensenergie abnimmt. Oben rechts in deiner Brille ist eine Anzeige, die rot flackert. Keine Frage, du brauchst etwas zu essen.
Jetzt einen Burger!, denkst du und lächelst schwach. Aber so etwas gibt es in dieser Welt garantiert nicht.
Hm, wie könntest du an Essen kommen? Jagen? Aber du hast weder Pfeil noch Bogen. Pilze sammeln? Wurzeln kauen? Igitt!
Da taucht ein Lichtschein zwischen den Baumstämmen auf. Du pirschst heran und entdeckst ein düsteres kleines Häuschen. Davor ist ein struppiger Hund angekettet.

Wenn du lieber einen Bogen um das Haus machst, lies weiter auf Seite 72

Wenn du anklopfst, lies weiter auf Seite 102

Du ziehst die Datenhandschuhe an, setzt die Brille auf und startest das Spiel.
Aber was ist das?
Das Bild erscheint nicht auf dem angeschlossenen Fernseher, sondern wird als Hologramm in dein Zimmer gesendet.
Überrascht stellst du fest, dass du in das Hologramm hineingehen kannst und Teil der projizierten Welt wirst! Denn plötzlich ist dein Zimmer verschwunden, du befindest dich in einem düsteren Wald mit uralten Eichen. Irgendwo heult ein Wolf. Wie irre ist denn das? Du schaust an dir herunter – du trägst jetzt eine leichte Rüstung sowie ein Schwert. Es ist keine wirklich beeindruckende Waffe, aber besser als nichts.
Zögernd gehst du los. Ein grüner Pfeil, der vor dir in der Luft schwebt, weist dir die Richtung.
Also ist das doch ein Computerspiel, oder?
Du bist total verwirrt, denn es ist alles so unglaublich echt. Du bist wirklich Teil des Spiels geworden. Das ist eigentlich nicht möglich, aber du willst jetzt nicht länger darüber nachdenken, sondern es einfach genießen. Von so einem Spiel hast du schließlich schon immer geträumt.
Nach wenigen Metern gelangst du zu einem Fluss. Hier lagern einige andere Krieger mit ihren Pferden am Feuer.

Wenn du die Fremden erst einmal beobachtest, lies weiter auf Seite 47

Wenn du die Fremden begrüßt, lies weiter auf Seite 68

Du schleichst zu dem Pferd und peilst die Lage. Niemand hat dich bemerkt.

Gut so.

Mit deinem Schwert durchtrennst du den Strick, mit dem das edle Ross angebunden war.

Da wiehert es nervös. Sofort gehst du in Deckung. Stimmen werden laut. Sind das etwa die anderen Krieger, die nach dem Pferd schauen wollen?

Wenn du wegrennst, lies weiter auf Seite **38**

Wenn du dich auf den Rücken des Tieres schwingst, lies weiter auf Seite **83**

„Wo ist das Ding?“, willst du wissen.
„Benutz den Joystick in der linken Armlehne. Drück ihn nach vorn – schnell!“, lautet die Anweisung.
Du gehorchst und siehst, wie die Motorhaube weggesprengt wird. Mit großen Augen beobachtest du, wie aus dem Motorraum ein Geschütz wächst.
„Du kannst es mit dem Stick ausrichten und mit dem Knopf im Griff feuern. Mach schon!“, gellt Arthurs Stimme.
Okay, was sein muss, muss sein. Aber du zielst nur auf die Reifen. Dann drückst du den Knopf.
Eine Salve zerfetzt die Reifen des Gegners auf der linken Seite. Die Karre bleibt zurück, ist aus dem Rennen. Nun ist der andere Wagen dran.
„Bye-bye!“, sagst du und feuerst wieder gezielt auf die Räder. Doch die junge Frau hat Panzerplatten vor ihren Reifen heruntergelassen. Die Kugeln prallen ab und kommen wie ein Bumerang zurück – sie schlagen in eure Karosse ein. Mist!
„Noch mal, ziel höher!“, befiehlt Arthur.

**Wenn du gehorchst,
lies weiter auf Seite** 48

**Wenn du dir etwas anderes überlegst,
lies weiter auf Seite** 52

Du rufst Arthurs Namen, schreist um Hilfe.
42 Doch leider ist die Kommunikation zu Arthur durch das unfreiwillige Bad unterbrochen – und du weißt:
Das ist dein

Ende

Du schaust dich um. Gerade ist niemand in deiner Nähe. Also kletterst du auf das Förderband und schlüpfst leise durch das quadratische Loch an dessen Ende. Dahinter ist ein muffiger Raum mit einigen Fahrzeugen zum Transport von Gepäckstücken aller Art. Menschen sind nicht zu sehen.

Haben die gerade alle Pause?

Doch da hörst du ein Pfeifen. Sofort gehst du hinter einem der Fahrzeuge in Deckung. Dann pirschst du dich näher heran und siehst einen Mann, der gerade mit einer Tasche die kleine Halle verlassen will.

Das ist deine Tasche!

Du vergisst jede Vorsicht, nimmst Anlauf und springst dem Mann in den Rücken. Er stürzt und geht k. o. Du wirfst einen Blick auf den Dieb – er scheint nur bewusstlos zu sein.

Dann öffnest du den Reißverschluss … Da ist es ja, das ganze Geld!

Sehr hübsch. Mit der Beute machst du dich aus dem Staub.

Wenige Stunden später hast du in einem schicken Hotel eingecheckt und liegst kurz darauf an einem Traumstrand. Dort lässt du dir die Sonne auf den Bauch scheinen.

Das Leben ist schön. Jawoll!

Ende

Du jagst nach Hause. Wie gut, dass niemand da ist. Keiner sieht dich, als du in Windeseile ein paar Sachen und dein Laptop in eine große Sporttasche packst.
Du willst zum Flughafen und dich in die nächstbeste Maschine setzen, die dich in ein Land bringt, wo das ganze Jahr über die Sonne scheint. Außerdem sollte es ein Land sein, wo dich niemand findet. Dich und das viele, viele Geld.
Doch halt – wird man am Flughafen dein Gepäck kontrollieren und das Geld entdecken?
Du gerätst ins Grübeln.
Moment, es wird doch nur das Handgepäck kontrolliert, oder? Dann könntest du doch das Geld in die Sporttasche tun. So landet die Kohle im Bauch der Maschine wie die Koffer aller anderen Passagiere.
Aber du müsstest die Beute aus der Hand geben …

Wenn du dieses Risiko eingehst, lies weiter auf Seite 55

Wenn du lieber in einen Zug steigst, lies weiter auf Seite 108

Du bist doch nicht verrückt. Du willst wieder zur Konsole. Doch da klingelt das Telefon. Du gehst ran.
„Na, mein Kleiner?“, hörst du die Stimme des Händlers.
Du wirst bleich.
„Ich habe die Konsole mit einem Peilsender versehen, weil ich schon befürchtet habe, dass du mich betrügen willst“, knurrt der Mann. „Lass mich rein und gib mir die CD. Dann geschieht dir nichts.“
Du zögerst. Wer sagt denn, dass dir der Kerl wirklich nichts tut?

Wenn du dich mit der CD aus dem Staub machst, lies weiter auf Seite 37

Wenn du dem Händler die CD durchs offene Fenster zuwirfst, lies weiter auf Seite 57

Nein, du willst nie wieder etwas mit der Sache zu tun haben, du willst einfach nur deine Ruhe und kein Risiko mehr eingehen.
Von Arthur und dem gefährlichen Spiel hörst du nie wieder etwas. Der Mistkerl bleibt unsichtbar. Vermutlich hat ihn der Unfall, bei dem du fast dein Leben verloren hast und sein Auto abgesoffen ist, zur Besinnung gebracht.

Ende

Einer der Männer hat ein schönes langes Schwert, erkennst du aus deinem Versteck. Es ist viel besser als deins, du könntest es in diesem Spiel bestimmt gut gebrauchen!
Einer der anderen besitzt ein besonders stolzes Ross. Auch das könnte dir sicher von Nutzen sein. Das Pferd ist einige Meter vom Lagerplatz entfernt angebunden und grast.

**Wenn du versuchst,
das schöne Tier zu stehlen,
lies weiter auf Seite** **40**

**Wenn du dir das Schwert
unter den Nagel reißen willst,
lies weiter auf Seite** **106**

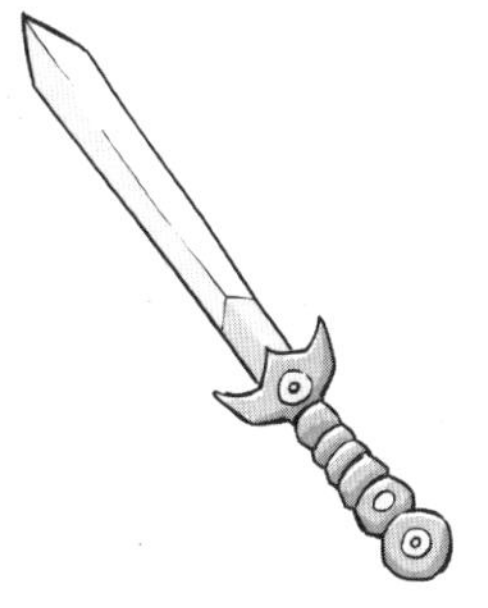

Du zögerst, das ist doch nur ein Spiel – oder?
Nein, das ist es nicht und deshalb darfst du nicht auf die junge Frau schießen!
Okay, dann in den Kofferraum, um das Auto irgendwie zu stoppen.
Du durchsiebst das Heck der anderen Karre. Doch eine Kugel verirrt sich in den Tank – es gibt eine Explosion und der andere Wagen hebt ab.
Mit vor Schreck geweiteten Augen siehst du, wie das Auto sich in der Luft überschlägt. Das Dach wird fortgesprengt und die Frau schießt mit ihrem Sitz in den Himmel – ein Fallschirm öffnet sich und sie segelt unversehrt Richtung Boden. Wieder und wieder überschlägt sich unterdessen das Wrack, das einmal ihr Auto war. Noch einmal wird es besonders hoch geschleudert, um dann – o nein – genau auf das Dach eures Autos zuzuschießen.
Du weißt: Das ist das

Ende

Okay, ein kurzer Blick auf den Bildschirm.
Die Updates sind fertig, stellst du fest. Aber dein Spiel mault – du sollst gefälligst die Schweine füttern und die Kühe melken. Sonst gibt es Punktabzug.
Na schön, dann mal ran an die Arbeit.
Gähnend erledigst du den Job und das Spiel belohnt dich mit einem satten Bonus.
Endlich darfst du ins Bett.
Am nächsten Morgen bist du ziemlich müde. Als du dich aufs Rad schwingen willst, um zur Schule zu radeln, piept dein Rechner erneut. Du kannst nicht anders – und schaust noch mal eben nach. Der Rechner empfiehlt dir eine App fürs Handy, damit du dein Spiel ständig überwachen kannst.
Gute Idee! Aber jetzt schnell in die Schule.
Die Mathearbeit läuft gut. Doch plötzlich vibriert dein Handy. Das Spiel erinnert dich an deine Pflichten.

**Wenn du nachschaust,
lies weiter auf Seite** 64

**Wenn du dich lieber
auf die Arbeit konzentrierst,
lies weiter auf Seite** 98

Dann machst du eben ausnahmsweise mal blau. Deine Mutter schwindelst du an und sagst, dass du dich gleich um die Hausaufgaben kümmern willst.

In Wirklichkeit aber spielst du „Farmer's Boy". Da du jetzt Zeit hast, machst du dich in dem Spiel richtig gut.

Auch in den nächsten Tagen konzentrierst du dich ganz auf die Konsole und das Spiel. Du wirst immer besser, dein Hof wird größer und größer.

Der Nachteil: Du wirst in der Schule immer schlechter. Du hast einfach keine Zeit mehr, dich auf den Unterricht vorzubereiten. Deine Noten sind eine Katastrophe.

Außerdem mangelt es dir an Schlaf. Das Spiel hält dich auf Trab – auch nachts. Du wirst zu einem Gespenst. Deine Eltern machen sich Sorgen und fragen, was los ist. Aber du weichst ihnen aus.

Die Konsole gewinnt die Kontrolle über dein Leben, du bist schon fast ihr Sklave.

Eines Nachts erwischen dich deine Eltern an der Konsole. Jetzt brichst du zusammen und beichtest ihnen alles. Sie reagieren ganz anders als erwartet. Sie machen dir keine Vorwürfe, sondern helfen dir, von der Konsole loszukommen – ihr verbringt einen Abenteuerurlaub im Dschungel von Brasilien. Kein Fernsehen, keine Konsole, kein Internet. Herrlich!, stellst du fest. Du bist geheilt und verkaufst die Konsole, sobald ihr wieder zu Hause seid.

Ende

Du musst diesem Irrsinn ein Ende bereiten. Nur wie? Zu dumm, dass ihr hier in einem menschenleeren Gebiet seid. Weit und breit ist niemand zu sehen, der dir und den anderen jungen Leuten, die in den Autos gefangen sind und an diesem wahnsinnigen Spiel teilnehmen müssen, helfen könnte.

„Was ist, worauf wartest du?", brüllt Arthur.

Dong! Wieder werdet ihr von hinten gerammt.

Ein anderes Auto rast an euch vorbei, dann noch eins.

„Beeil dich! Wenn wir so weitermachen, werden wir Letzter!", kreischt Arthur.

„Mir doch egal!", schreist du zurück.

Und dann hast du doch eine Idee, allerdings eine völlig verrückte!

Was wäre, wenn du auf euren eigenen Motor schießt, um das Auto – und damit das Spiel – zu stoppen?

Wenn du das tust,
lies weiter auf Seite **23**

Wenn dir das zu gefährlich ist,
lies weiter auf Seite **89**

Du wirst niemals auf andere Leute schießen, das ist doch wohl klar.
„Bist du wahnsinnig, benutz die Kanone!“, schreit Arthur noch mal.
Nein, das tust du nicht!
Deine Hände krallen sich in den Sitz, während die beiden Damen dein Auto mehr und mehr verbeulen. Ein hässliches Reißen, gefolgt von einem Splittern. Plötzlich sackt die Karre vorn rechts ein – vermutlich wurde das Vorderrad abgerissen. Der Wagen kreiselt um die eigene Achse, donnert über einen Bordstein, hebt ab, pflügt durch eine Grünanlage und landet in einem Teich. Das Wasser schlägt über dem Dach zusammen und strömt ins Wageninnere.
Und du? Du bist im Sitz gefangen, denn der Gurt lässt sich nicht lösen.

Wenn du Arthur um Hilfe anflehst,
lies weiter auf Seite **42**

Wenn du dir irgendwie selbst hilfst,
lies weiter auf Seite **87**

54

Am nächsten Tag liest du im Internet von einem illegalen Autorennen in der Schwarzen Allee, bei dem zwei Jugendliche verletzt wurden.

Jetzt bekommst du ein schlechtes Gewissen. Hättest du verhindern können, dass jemand zu Schaden kommt? Aber wie denn?

Doch du hast noch nicht einmal versucht, diesen Irrsinn irgendwie zu stoppen, du bist einfach nach Hause gegangen. Das war schon ein bisschen feige …

Das wirfst du dir dein Leben lang vor.

Ende

Mit einem Taxi lässt du dich zum Flughafen bringen. Während der Fahrt schaust du dich immer wieder wachsam um. Nein, niemand scheint dich zu verfolgen.
Endlich bist du am Flughafen und flitzt zum nächstbesten Reisebüro.
Dort ergatterst du ein Ticket für die Malediven. Ein Traum, denn da wolltest du doch immer mal hin.
Der Haken: Die Maschine startet erst in sechs Stunden. Du kannst noch nicht einmal dein Gepäck aufgeben …
Also setzt du dich auf eine der Bänke und daddelst ein wenig mit deinem Handy herum.
Irgendwann wirst du müde.

Wenn du wach bleibst,
lies weiter auf Seite 73

Wenn du dir ein Nickerchen gönnst,
lies weiter auf Seite 104

Du springst auf dein Pferd und jagst los, tief über den Rücken des Tieres gebeugt. Der Händler schreit ein paar Kommandos. Im vollen Galopp drehst du dich um.

O nein, die Männer haben ihre Bögen gespannt: Vier Pfeile schwirren hinter dir her – und sie alle treffen ihr Ziel.

Das war's, deine Lebensenergie schießt auf null, du bist raus aus diesem Spiel.

Immerhin kannst du nun wieder die Handschuhe und die Brille ablegen.

Puh, ganz schön realistisch, dieses Spiel. Aber trotz dieser Niederlage sitzt du schon bald wieder vor der Konsole und ziehst in die Schlacht. Du wirst immer besser und es gelingt dir, auch den Händler aus dem Weg zu räumen. Nun kannst du in die Stadt einziehen.

Du übernachtest in einem Gasthaus. In der Nacht dringst du in den Palast des Königs ein und erleichterst ihn um seinen Goldschatz.

Jetzt bist du der König – der König der Konsole!

Ende

Du reißt das Fenster auf und wedelst mit der CD.
Der Kerl kommt näher und ruft: „Wirf sie mir zu, los!"
Du gehorchst.
„Danke", sagt der Mann. Doch anstatt zu gehen, zieht er eine Pistole.
„Zeugen kann ich nicht gebrauchen. Tut mir leid ..."
Dann kracht ein Schuss.
In letzter Sekunde kannst du dich flach auf den Boden werfen. Die Kugel verfehlt dich.
Mit deinem Handy alarmierst du die Polizei. Dann wagst du es, noch einmal aus dem Fenster zu schauen. Du siehst, wie der Kerl wegrennt.

Wenn du ihn verfolgst,
lies weiter auf Seite **75**

Wenn du die Verfolgung der Polizei überlässt,
lies weiter auf Seite **100**

Plötzlich hast du einen Verdacht und googelst die Kontonummern mit dem Swiftcode ADCBKYKY. Der Code weist auf eine Bank im Steuerparadies Kaimaninseln hin. Diese Inselgruppe liegt in der Karibik, wie du weißt.

Du hast es doch geahnt – das ist eine Liste von Leuten, die Steuern hinterziehen! Diese Personen haben ihre Millionen vor dem Finanzamt in Sicherheit gebracht – und zwar auf den Kaimaninseln. Dort muss man viel weniger Steuern zahlen als bei uns, hat dir mal dein Vater erklärt.

Wow, da hast du aber sehr brisantes Material in den Händen! Vermutlich ist der Händler, von dem du die Konsole hast, ein Hacker und will die Daten an die Steuerbehörden verkaufen. Das Geld ist bestimmt in dem Koffer! Du sollst als Kurier missbraucht werden, weil der Händler wohl fürchtet, dass die Polizei ihm am Geldübergabeort in der Kirche eine Falle stellt. Und jetzt?

Du beschließt, die Daten-CD bei der Polizei abzuliefern.

Doch da klingelt es an der Tür. Du schaust durchs Fenster und erschrickst – das ist der Händler!

**Wenn du die Tür öffnest,
lies weiter auf Seite 11**

**Wenn du nicht öffnest,
lies weiter auf Seite 45**

Das ist dir nicht geheuer, das geht bestimmt nicht gut aus. Du wendest dich ab und willst die Allee wieder hinunterlaufen. Da dröhnt ein Motor hinter dir.

Du drehst dich um. Ein Sportwagen schießt auf dich zu. Als das Auto auf deiner Höhe ist, wird die Scheibe heruntergelassen.

Ein Mann mit Sonnenbrille sitzt am Steuer. Er sagt zu dir: „Hey du, warum haust du ab?"

Du antwortest nicht, sondern gehst weiter.

„Du verpasst etwas Einmaliges", lockt der Mann. „Bist du schon mal eine solche Karre gefahren?"

Nein, natürlich nicht, denkst du, schweigst aber weiter.

Der Wagen stoppt, der Mann steigt aus und deutet auf den Fahrersitz.

„Wie wär's?"

Du hast noch nicht einmal einen Führerschein, aber die Versuchung ist groß. Nach wie vor ist niemand zu sehen, du bekommst bestimmt keinen Ärger.

Wenn du einsteigst,
lies weiter auf Seite 20

Wenn du nach Hause gehst,
lies weiter auf Seite 66

Okay, dein Schwert ist jetzt nicht gerade Furcht einflößend, aber du willst auch nicht gleich beim ersten Kampf kneifen. Der Dicke stürmt heran und will dich niederstrecken. Wie ein Torero weichst du aus, und der Angreifer schlägt mit dem Schwert ein Luftloch. Mit einem gezielten Hieb durchtrennst du den Strick, der seine Hose zusammenhält – und sie rutscht zu Boden.

Der Dicke will sie wieder hochziehen und gerät dabei ins Straucheln, fällt aber noch nicht.

Da hilfst du doch gern ein wenig nach. Zack, ein Tritt in den Hintern, und der Dicke landet im Matsch.

Gelächter brandet auf. Du bleibst todernst und gehst zum Gegenangriff über. Wie ein eleganter Tänzer bewegst du dich durch die feindlichen Reihen und besiegst sie alle. Die Kerle ergreifen die Flucht.

Du raubst ein besseres Schwert und ein Pferd. Und jetzt?

Du schaust dich um. Hier befindest du dich am Flussufer und in einiger Entfernung erhebt sich ein Berg.

Wenn du zum Berg reitest,
lies weiter auf Seite **79**

Wenn du dem Lauf des Flusses folgst,
lies weiter auf Seite **90**

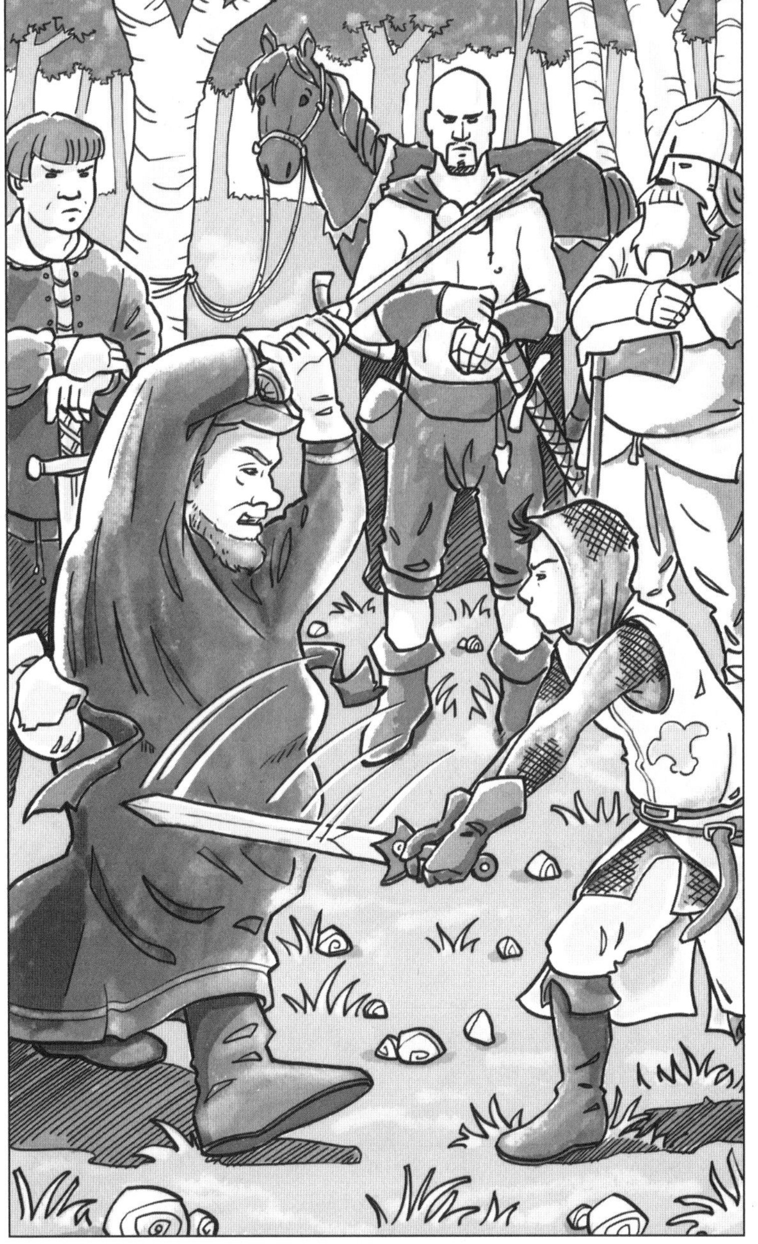

Es handelt sich wirklich um ein sehr nettes Spiel, glaubst du. Du bist ein fleißiger Farmerjunge, der sich rührend ums liebe Vieh kümmert. Du bekommst ein Startbudget an Geld und einen Bauernhof. Deine Aufgaben: Du fütterst die Schweine, tränkst die Pferde und bringst den Hasen frische Salatblätter. Aber auch die Erntetermine musst du immer im Blick haben. Das Spiel, so nett es auch ist, verlangt volle Konzentration. Denn wenn du ein Tier vernachlässigen solltest oder vergisst, die Felder zu düngen, gibt es Minuspunkte. Machst du alles richtig, kannst du die Tiere oder Feldfrüchte gewinnbringend verkaufen und bekommst dafür Punkte gutgeschrieben. Damit kannst du dir Dinge kaufen, die dir bei der Landwirtschaft nützlich sind – einen besseren Dünger oder einen größeren Traktor.

Gegen 23 Uhr fällt dir ein, dass du Schluss machen solltest, denn morgen steht eine Mathearbeit auf dem Programm. Du gehst zu Bett, lässt den Computer aber laufen, weil noch ein paar Updates anstehen.

Gegen 2 Uhr morgens erklingt ein Warnton. Du schreckst hoch – das Geräusch kam vom Computer.

Wenn du nachsiehst,
lies weiter auf Seite **50**

Wenn du liegen bleibst,
lies weiter auf Seite **105**

Auweia, ist das alles winzig ... wie willst du da die richtigen Entscheidungen treffen?
Egal, du probierst es und hast zunächst sogar ein wenig Erfolg.
Da dröhnt der Gong, der zur nächsten Schulstunde ruft.
Schnell, noch ein wichtiger Kauf an der Futterbörse. Doch verdammt, was für ein Fehler, du hast dich verzockt, die falsche Taste auf dem Handy gedrückt und viel zu viel bezahlt.
Schnell, rückgängig machen.
Nein, das geht nicht. O Mann!
Dann schließt du eben auf die Schnelle ein anderes Geschäft ab, um den Verlust von gerade eben auszugleichen.
Aber weil das Display zu klein und der Zeitdruck zu groß ist, machst du prompt den nächsten Fehler!
Der Bildschirm wird schwarz, das Spiel ist aus – du bist pleite.
Du hast den Hof ruiniert!

Ende

„Was machst du da?“, erklingt die Stimme deines strengen Lehrers.
Mist, er hat gesehen, wie du das Handy aus der Tasche gezogen hast.
„Du weißt doch ganz genau, dass niemand ein Handy bei der Klassenarbeit benutzen darf!“, sagt der Lehrer ernst. 
Du stammelst irgendeine Entschuldigung, aber der Lehrer lässt sich nicht erweichen.
Wegen eines Täuschungsversuchs bekommst du eine glatte Sechs.
Nie wieder spielst du dieses doofe Spiel! Und die ach so tolle Konsole verkaufst du.

Ende

Du bist ein ganz braver Junge. Jedenfalls heute. Du erledigst den Job und bekommst zur Belohnung auch die speziellen Datenhandschuhe und die Datenbrille, die man braucht, um bestimmte Games mit der tollen Konsole zu spielen.
Aufgeregt fährst du nach Hause und kannst es kaum erwarten, das neue Teil anzuschließen.
Endlich ist es so weit, es geht los!
Zwei Spiele sind gleich mitgeliefert worden, und du hast die Qual der Wahl.
Bei „Warriorland" geht es darum, dich als Krieger in einer Fantasywelt zu behaupten.
Bei „Farmer's Boy" musst du einen Bauernhof managen, Tiere züchten, die Felder rechtzeitig bestellen und gute Preise für deine Tiere und Güter erzielen.

Wenn du dich für „Warriorland" entscheidest, lies weiter auf Seite 39

Wenn du lieber „Farmer's Boy" spielst, lies weiter auf Seite 62

Du bleibst hart und lässt den Mann mit der Brille einfach stehen.
Er schüttelt nur den Kopf und fährt zu den anderen Jugendlichen zurück.

Am nächsten Tag liest du im Internet, dass es ein illegales Autorennen gegeben hat – und zwar genau an der Stelle, wo die acht aufgemotzten Autos gestanden haben. Zwei junge Männer wurden verletzt, als ihre Fahrzeuge von der Straße abkamen und sich überschlugen.
Wie gut, dass du nicht dabei warst!

Ende

Der junge Mann heißt Maximilian, erfährst du. Auch er hat unfreiwillig an einem dieser gefährlichen Rennen teilgenommen und auch er will Rache! Das erzählt er dir zumindest. „Wir könnten uns zusammentun und versuchen, diesen Arthur zu schnappen“, schlägt Maximilian vor. „Lass uns die Rennstrecke abfahren. Womöglich finden wir eine heiße Spur. In der Nähe steht mein Auto. Kommst du mit?“

Wenn du einwilligst,
lies weiter auf Seite **76**

Wenn du diesem Maximilian nicht traust,
lies weiter auf Seite **92**

Mit einem freundlichen Lächeln gehst du auf die Gruppe zu. „Seid gegrüßt, edle Recken!“, sagst du. Hoffentlich waren das die richtigen Worte …

„Edle Recken?“, höhnt einer der anderen. Er ist so dick wie ein Bierfass. „Was redest du so geschwollen daher, Bürschlein?“

Die anderen lachen und ziehen ihre Schwerter.

„Wir werden dich zum Schweigen bringen!“, ruft einer von ihnen.

Schon kommen sie auf dich zu.

**Wenn du fliehst,
lies weiter auf Seite** **16**

**Wenn du dich zum Kampf stellst,
lies weiter auf Seite** **60**

Du willst es diesem Kerl heimzahlen und andere vor ihm schützen.
Nur – wie sollst du das anstellen?
Hm, du hast doch damals eine SMS bekommen. Kannst du die Nummer zurückverfolgen? Du probierst es, musst aber feststellen, dass es diese Nummer gar nicht mehr gibt.
Da bleibt nur noch eins: Du fährst erneut zur Schwarzen Allee. Vielleicht wird dort wieder ein Rennen gestartet und vielleicht kannst du Arthur dort irgendwo erwischen.
Dort steht ein junger Mann mit einer Sporttasche – ist das etwa Arthur? Vorsichtig kommst du näher. Nein, dieser junge Mann sieht ganz anders aus als der Typ, den du auf dem Bildschirm in der Mitte des Armaturenbretts des Autos gesehen hast. Aber es könnte natürlich einer der anderen Gamer sein …

Wenn du den jungen Mann ansprichst, lies weiter auf Seite **67**

Wenn du den Mann nicht ansprichst und lieber noch mal allein zur Schwarzen Allee zurückkehrst, lies weiter auf Seite **92**

„So, du willst also Play Xtrem haben?“, sagt der Verkäufer. Er greift unter die Ladentheke und zieht einen grauen Karton hervor.
„Bitte sehr. Und jetzt her mit der Kohle.“
Du wirfst erst einmal einen Blick in den Karton.
O ja, das Teil sieht wirklich sehr edel aus! Du lässt dir erklären, was du damit alles spielen kannst, und bist begeistert. Gern gibst du dem Mann das Geld und willst den Laden mit der Beute verlassen.
„Einen Moment noch“, hörst du den Verkäufer sagen.
Du drehst dich um.
„Um mit Play Xtrem Spaß zu haben, brauchst du noch spezielle Datenhandschuhe und eine Datenbrille“, sagt der Mann.
Na toll, das wird dich bestimmt wieder eine Stange Geld kosten.
Du fragst nach dem Preis.
Da lacht der Kerl. „Du bekommst die Sachen nur, wenn du einen Auftrag für mich erledigst.“

**Wenn du dich darauf einlässt,
lies weiter auf Seite 25**

**Wenn du versuchst,
den Kauf rückgängig zu machen
oder die Handschuhe und die Brille
woanders zu ergattern,
lies weiter auf Seite 26**

Lieber nicht, der Köter ist bestimmt bissig – und wer weiß, wer in der alten Hütte lauert!

Du wanderst also weiter. Die Dämmerung kriecht zwischen die Bäume, es wird dunkel. Der grüne Pfeil ist nicht mehr zu sehen.

Und jetzt?

Ziellos irrst du durch den Wald. Die Lebensenergieanzeige flackert hektisch. Du brauchst etwas zu essen!

Da, ein Reh!

Kannst du es erlegen? Ja, irgendwie muss dir das gelingen, sonst ist das Spiel zu Ende!

Geduckt pirschst du heran, doch das scheue Tier bemerkt dich und flieht. Du jagst ihm zu Fuß nach und verausgabst dich dabei völlig.

Plötzlich ziehen vor deiner Spezialbrille rote Schleier auf – deine Energie ist aufgebraucht, du bist raus aus dem Spiel!

Ende

Endlich kannst du dein Gepäck aufgeben. Eine Stunde später sitzt du in der Maschine – es wird ein langer Flug, aber schließlich landest du auf dem Flughafeninselchen Hulhulé. Von hier führt ein befahrbarer, etwa ein Kilometer langer Damm nach Malé, der Hauptstadt der Malediven.
Gähnend sitzt du am Gepäckband und wartest mit vielen Touristen auf deine Tasche. Du kannst es kaum erwarten, bis dein Gepäck mit dem vielen Geld auftaucht.
Du wartest und wartest. Ein Tourist nach dem anderen nimmt seinen Koffer vom Band.
Du bleibst übrig. Ohne Gepäck.
O nein, du hast einen furchtbaren Verdacht! Hat einer der Flughafenmitarbeiter dein Gepäck untersucht, das Geld gesehen und es gestohlen?
Schon willst du zur Polizei rennen, doch du hältst inne. Du kannst doch nicht im Ernst erwarten, dass dir die Beamten dabei helfen, das Geld wiederzufinden. Schließlich hast du das Geld streng genommen gestohlen und es heimlich auf die Malediven gebracht.

Wenn du dich allein auf die Suche machst, lies weiter auf Seite 43

Wenn du die nächste Maschine nach Hause nimmst, lies weiter auf Seite 93

Du kämpfst dich zwischen den anderen Passagieren hindurch, die gerade einsteigen.

„Passen Sie doch auf!“, wirst du angeblafft.

„Entschuldigung“, rufst du und machst ohne Rücksicht auf Verluste weiter.

Da passiert es: Du bleibst zwischen einer Stange und einem dicken Mann hängen, die Tasche rutscht dir von der Schulter und fällt zu Boden – und ehe du dich versiehst, bist du auf dem Bahnsteig, aber die Tasche mit dem Geld ist noch im Zug.

„Hallo, das ist meine, kann mir die bitte jemand anreichen!“, rufst du verzweifelt und willst wieder in den Zug.

Doch der ist rappelvoll! Niemand hilft dir, jeder ist mit sich und der Suche nach dem reservierten Platz beschäftigt.

Ein schriller Pfiff, dann erklingt es aus dem Lautsprecher: „Vorsicht an Bahnsteig 11, Türen schließen automatisch!“

Nein!

„Vorsicht, junger Mann!“, ruft ein Schaffner, der in der Tür steht.

„Mein Gepäck!“, schreist du, aber der Schaffner kann dich nicht hören, weil gerade ein Güterzug auf dem gegenüberliegenden Gleis vorbeidonnert.

Dann setzt sich der Zug in Bewegung – mit deiner Tasche. Du siehst sie nie wieder.

Du rennst dem Täter hinterher und siehst, wie er in ein Auto springt. Du notierst dir das Kennzeichen und gibst es der Polizei durch.
Die Beamten errichten Straßensperren und können den Mann schnappen.
Dank dir! Du bekommst ein dickes Lob und eine große Belohnung. Außerdem berichten die Medien über dich. Du bist sehr stolz.
Das darfst du auch sein!

Ende

Es handelt sich um einen schicken Sportwagen.
„Willst du mal fahren?", fragt Maximilian dich.
Du bist begeistert: „Na klar!"
Du setzt dich hinters Steuer und schnallst dich an. Doch Maximilian steigt nicht ein.
„He, was ist?", rufst du durch die heruntergelassene Seitenscheibe.
Maximilian lächelt schief. „Nein, du fährst allein. Aber ich werde dennoch in deiner Nähe sein." Aus der Sporttasche zieht er eine Konsole.
Panik überfällt dich. Du hast eine böse Ahnung und versuchst, den Gurt zu lösen. Vergeblich! O nein, dieses böse Spiel kennst du doch schon!
„Du heißt nicht Maximilian, du bist Arthur!", schreist du.
„Erraten", erwidert Arthur kühl. „Wenn ich mich auf dem Bildschirm zeige, trage ich immer eine hautenge Gesichtsmaske, damit niemand mich identifizieren kann. Und jetzt los, das Spiel beginnt in wenigen Minuten, die anderen Fahrzeuge müssen gleich hier sein. Mach mir keine Schande und zerstöre vor allem nicht wieder mein Auto!"

Ende

Haha, da kann der Mistkerl lange vor der Tür lauern! Du bist gleich über alle sieben Berge.

Oder auch nicht.

Denn der Händler hat einen Komplizen genau am Hintereingang zum Garten postiert.

Der Mann erwartet dich schon und verpasst dir einen Schlag auf den Kopf.

Alles wird dunkel.

Als du mit einem gewaltigen Brummschädel aufwachst, sind die Täter weg. Die CD ist es natürlich auch …

Das ist dir eine Lehre. Mit solchen Gangstern legst du dich nie wieder an!

Ende

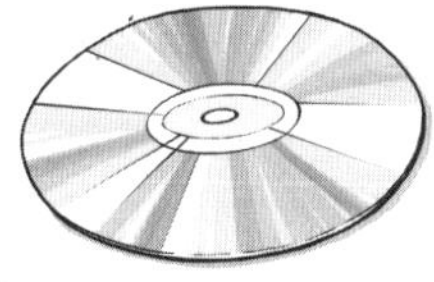

Du lässt dich nicht für so einen Irrsinn missbrauchen.
„Nein, das Spiel ist vorbei. Gib auf!", verlangst du von Arthur.
„Du spinnst wohl", erwidert er kalt. „Aufgeben kenne ich nicht."
Aber du hilfst ihm nicht – und so wird euer Auto von der Straße gedrängt und überschlägt sich. Bei dem Crash verlierst du das Bewusstsein und wachst erst in einem Krankenhaus wieder auf.
Zum Glück hast du nur eine leichte Gehirnerschütterung und kannst die Klinik schon am nächsten Tag wieder verlassen.
Du zeigst diesen Arthur an, doch die Polizei kann ihn nicht ausfindig machen.
Immerhin ist der Unfall glimpflich ausgegangen …

Ende

Du reitest durch eine verwunschene Landschaft mit klaren Seen und riesigen Bäumen. Alles ist so unglaublich echt. Einmal mehr kannst du gar nicht glauben, dass du dich in einem Konsolenspiel befindest. Du sitzt eben nicht vor einem Bildschirm, sondern bist Teil des Spiels. Es ist wirklich unfassbar. Wie gut, dass du dir diese Konsole gekauft hast!
Der Weg führt stetig bergauf und schließlich gelangst du auf einen schmalen Grat. Rechts und links gähnen tiefe Schluchten. Das schöne Pferd musst du nun zurücklassen.
Da bemerkst du einen Schwarm Vögel. Sie sind schwarz, riesig groß, haben lange Schnäbel und ausgeprägte Klauen. Die Biester scheinen etwas dagegen zu haben, dass du ihren Weg kreuzt.
Der hilfreiche grüne Pfeil ist jetzt nicht mehr zu sehen. Na toll.

**Wenn du den Weg fortsetzt,
lies weiter auf Seite** **32**

**Wenn du einen anderen Pfad suchst,
lies weiter auf Seite** **111**

Die Allee ist endlos lang, die Straße ist voller Schlaglöcher, die Häuser rechts und links sind heruntergekommen. Nach der Hausnummer 175 kommt nichts mehr – die Straße zieht sich wie ein graues Band zum Horizont.
Na toll. Du kommst dir vor wie der letzte Idiot. Wo soll es denn hier das tolle Game geben?
Aber halt, da vorn sind einige Büsche. Dahinter erkennst du die obere Kante eines Flachdaches.
Okay, die Bude schaust du dir noch an.
Als du an den Büschen vorbeigegangen bist, staunst du: Auf dem Platz dahinter, da, wo das unscheinbare Gebäude mit dem Flachdach steht, lungern sieben Typen in deinem Alter herum. Sie machen keinen besonders freundlichen Eindruck. Außerdem stehen dort acht aufgemotzte schwarze Autos. Alle sind tiefergelegt und haben Spoiler. Garantiert schlummern unter den Hauben mächtige Motoren.
Doch du bist misstrauisch. Was sind das für Typen?

**Wenn du näher trittst,
lies weiter auf Seite** 15

**Wenn du dich lieber verkrümelst,
lies weiter auf Seite** 59

Rasch stöpselst du die Konsole wieder ab und bringst sie wie geplant mit der brisanten CD zu der Kirche. Es ist 17 Uhr. Du schiebst die Konsole unter die besagte Bank – und da liegt er ja, der Umschlag!
Mit zitternden Fingern nimmst du ihn an dich und bringst ihn wie verabredet zum Händler. Kurz vor dem Ziel siegt die Neugier. Vorsichtig öffnest du den zugeklebten Umschlag und wirfst einen Blick hinein.
Packenweise Geldscheine. Wow, das ist bestimmt eine ganz große Summe! Für einen Moment spielst du mit dem Gedanken, dir das Geld unter den Nagel zu reißen. Doch dann würden dich bestimmt einige Gangster jagen. Also klebst du den Umschlag wieder zu und lieferst ihn ab.
Hoffentlich bekommst du jetzt die Datenhandschuhe und die Datenbrille!
Der Händler schaut sich den Umschlag genau an. Dann greift er zur Pistole. „Du hast in den Umschlag geschaut und ihn dann wieder zugeklebt. Das sehe ich genau."
Du leugnest, aber der Mann glaubt dir nicht.
„Zeugen kann ich nicht gebrauchen", knurrt er und zieht die Pistole.
Du stürmst aus dem Laden, doch der Händler ist ein sehr guter Schütze …

Ende

Kein Problem, schon bist du auf dem Rücken des Tieres. Es tänzelt auf der Stelle, scheut leicht.
„He, Schurke, das Pferd gehört mir!", schreit einer der anderen Krieger. Der bärtige Riese ist nur noch wenige Meter entfernt und schwingt eine gewaltige Streitaxt.
„Das war einmal", rufst du höhnisch und drückst dem Tier die Fersen in die Flanken.
Das gefällt dem eigensinnigen Ross überhaupt nicht. Es wirft dich ab und du landest hart im Dreck.
Mit einem furchterregenden Lächeln beugt sich der bärtige Feind über dich.
„Du Anfänger!", knurrt er. Dann siehst du die Axt auf dich zusausen und schreist auf.
Doch zum Glück ist das ja nur ein Spiel …
Du nimmst die Spezialbrille ab, ziehst die Handschuhe aus. Erschöpft und leicht geschockt sitzt du vor der neuen Konsole.
Null Punkte hast du bisher bekommen. Und dein Schwert hat man dir auch noch abgenommen.
Da beschließt du, dich nie wieder auf dieses Spiel einzulassen. Es ist dir einfach zu realistisch. Künftig spielst du lieber eines der guten alten Jump-and-run-Spiele an deiner alten Konsole!

84

Du bückst dich und sammelst die wertvollen Ausrüstungsgegenstände ein. Die werden dir in diesem Spiel garantiert sehr nützlich sein!

Schwer beladen willst du türmen, doch mit der Beute bist du langsam. Außerdem hast du bei deiner Diebestour viel Zeit verloren – deine Gegner kehren bereits vom Baum zurück.

„Da ist der Mistkerl!", schreit jemand. „Elender Dieb!"

Im Rennen drehst du dich um. Mist! Die Meute ist dir auf den Fersen.

Schon holen sie dich ein und überwältigen dich. Man nimmt dir alles ab – sogar die Schuhe.

Was für eine Blamage! Wärst du doch nicht so gierig gewesen. Du bist raus aus dem Game!

Ende

Pünktlich bist du im Unterricht. Du bleibst hart und ignorierst das Spiel bis zum Schulschluss.
Dieses Verhalten verzeiht dir die Konsole nicht, stellst du fest, als du wieder zu Hause bist und das Spiel am Bildschirm fortsetzen möchtest.
„Farmer's Boy" teilt dir mit, dass du leider ein ganz verantwortungsloser Spieler bist, der sich nicht um seinen Hof, die Tiere und das Getreide kümmert.
Du bist im weltweiten Ranking Letzter! Es gibt ein paar bissige Kommentare von anderen Spielern, und jetzt wird dir das Ganze einfach zu blöd.
Schule ist Schule und Spiel ist Spiel!
Dann pfeifst du eben auf den Erfolg in diesem dämlichen Game. Es gibt andere Dinge, die mindestens ebenso viel Spaß machen! Schade nur um das Geld für diese Konsole …

Ende

„Ich glaube, dass sich hier jemand ein böses Spiel mit uns erlauben will", sagst du zu den anderen. „Mir gefällt das nicht."

Auch die anderen fühlen sich nicht wohl in ihrer Haut.

„Ja", sagt eine der jungen Frauen. „Man bestellt uns hierher und dann passiert nichts. Was soll der Quatsch?"

Das siehst du ganz genauso. „Was haltet ihr davon, wenn wir zusammen an zwei Konsolen spielen – und zwar bei mir zu Hause? Ich habe heute sturmfreie Bude."

Die anderen sind begeistert.

Einer der anderen Jugendlichen bringt seine Konsole mit und ihr macht euch einen tollen Abend. Es bleibt nicht der letzte dieser Art, denn ihr werdet die besten Freunde!

Ende

Da fällt dir das Taschenmesser ein. Mit zitternden Fingern ziehst du es aus der Hosentasche, während das Wasser in den Wagen strömt und immer höher steigt.
Du sägst am Gurt, bis du ihn durchtrennt hast. Endlich! Mit großer Mühe kannst du dich aus dem Auto befreien.
Pitschnass gelangst du ans Ufer, wo einige Schaulustige stehen. Jemand hat schon den Rettungsdienst verständigt. Man bringt dich vorsorglich in ein Krankenhaus, wo man feststellt, dass dir zum Glück nichts weiter fehlt.
Natürlich haben auch die Polizisten noch einige Fragen an dich, aber du kannst nicht viel über diesen Arthur sagen.

**Wenn du es dabei bewenden lässt,
lies weiter auf Seite** 46

**Wenn du versuchst, Arthur zu schnappen,
lies weiter auf Seite** 69

Du zückst dein Handy und willst die Polizei anrufen. Vielleicht können die Beamten Straßensperren errichten und das Rennen so beenden!
Aber halt, du weißt ja gar nicht, wohin die Spieler mit den Konsolen die Autos steuern!
Mist! Oder wird die Polizei das schon irgendwie hinkriegen?
Da siehst du ein Auto, das sich dir auf der Schwarzen Alle langsam nähert. Es ist eine ziemlich alte und vor allem ziemlich lahme Karre, stellst du mit Kennerblick fest.
Damit wirst du wohl kaum die Verfolgung aufnehmen können, um dem gefährlichen Wettkampf selbst ein Ende zu bereiten. Oder etwa doch?

**Wenn du versuchst,
die alte Karre zu stoppen,
lies weiter auf Seite 14**

**Wenn du die Polizei anrufst,
lies weiter auf Seite 30**

Du hast eine andere Idee.
„Welche Waffen haben wir noch?“, fragst du Arthur. „Ich will den anderen Fahrern mal richtig Feuer machen!“
„Wow, das höre ich gern!“, erwidert Arthur. „Wir haben noch einen Flammen- und einen Raketenwerfer. Außerdem können wir mit Nitro unsere Motorleistung erhöhen!“
Du lässt dir erklären, wie du das alles aktivieren kannst.
Und dann geht es los: Du verballerst alle Kugeln und Granaten, wobei du genau darauf achtest, niemanden zu treffen. Du verpulverst sinnlos den gesamten Nitrovorrat.
„Du Blödmann!“, meckert Arthur. „Jetzt haben wir keine Chance mehr.“
„Gut so“, rufst du. „Denn ich bin nicht dein Handlanger.“
Verärgert stoppt Arthur das Auto und löst die Sperre an deinem Gurt.
„Raus mit dir, du bist zu nichts zu gebrauchen!“, schnauzt Arthur dich an.
Erleichtert steigst du aus.
„Adios!“, rufst du. „Und viel Spaß noch auf dem letzten Platz!“

Ende

Du gelangst zu einer mittelalterlichen Stadt mit einer riesigen Mauer und hohen Wachtürmen. Ob du in dieser Stadt Abenteuer erleben kannst – den Schatz des Königs rauben? Seine wunderschöne Tochter entführen und heiraten? Mal sehen …
Doch vor dem Stadttor lauern vier bis zu den Zähnen bewaffnete Wächter. Du bekommst einen Schreck – einer der Kerle ist der Mann, der dir die Konsole verkauft hat.
„Tja, so sieht man sich wieder“, sagt er mit einem bösen Grinsen und zieht sein Schwert. Seine Begleiter tun es ihm gleich. „Wie gefallen dir die Konsole und das Spiel?“
„Ganz gut“, sagst du, während du ebenfalls zum Schwert greifst.
„Hoho“, lacht der Händler. „Bin mal gespannt, wie lange dir das Spiel noch gefällt!“
Die Kerle gehen zum Angriff über. Du hast keine Chance gegen die Übermacht, glaubst du. Aber was soll's, denkst du dir. Ist ja nur ein Spiel. Du willst die Brille abnehmen und die Handschuhe ausziehen. Doch das kannst du plötzlich nicht mehr. O Gott, du bist ein Gefangener der Konsole! Was geht hier nur vor?

Wenn du fliehst,
lies weiter auf Seite **56**

Wenn du dich wehrst,
lies weiter auf Seite **101**

In den nächsten Wochen legst du dich dort immer wieder auf die Lauer – doch niemand lässt sich blicken. Es gibt kein verrücktes und gefährliches Spiel, keine illegalen Rennen und keine Fahrer als unfreiwillige Marionetten.
Schließlich gibst du es auf. Vermutlich ist diesem Arthur die ganze Sache zu heiß geworden. Das gilt sicher auch für die anderen Gamer, die junge Leute wie dich als Fahrer für ihre fiesen Spiele missbraucht haben.

Ende

Was bleibt dir anderes übrig? Zur Polizei kannst du nicht und allein hast du doch gar keine Chance, die Täter zu finden – schon gar nicht in einem fremden Land.
Du tröstest dich mit dem Gedanken, dass dir das Geld ja gar nicht gehört hat.
Mit deinem letzten Bargeld kaufst du dir ein Ticket zurück in die Heimat.
Einen Tag später landest du völlig übermüdet wieder zu Hause.
Was sollst du nur deinen Eltern erzählen, wo du gewesen bist? Und deinen Freunden?
Doch in diese Verlegenheit kommst du erst einmal gar nicht. Denn vor eurem Haus lauert ein Mann: der Händler, der so gerne ganz besondere Konsolen unters Volk bringt …

**Wenn du fliehst,
lies weiter auf Seite 99**

**Wenn du dich mit dem Kerl anlegst,
lies weiter auf Seite 112**

Am nächsten Bahnhof ist für dich Endstation. Der Händler zwingt dich auszusteigen.
Dann setzt sich der Zug in Bewegung – mit dem Fiesling und dem vielen Geld.
Adios, Wohlstand! Auf Wiedersehen, ihr Träume vom großen Geld und einem Leben in Saus und Braus …

Ende

An einem solchen Game hast du null Interesse, du bist doch keine Marionette!
Du willst aus dem Wagen heraus, doch der Sicherheitsgurt lässt sich nicht mehr lösen … Verdammt, du bist in der Karre gefangen!
Wie gut, dass du dein Taschenmesser dabeihast. Damit zerschneidest du den Gurt.
Doch in diesem Augenblick rast das Auto los.
Egal, du reißt die Tür auf und lässt dich aus dem fahrenden Wagen fallen – keine gute Idee, denn leider kommst du falsch auf … und du weißt: Das ist dein

Ende

Es ist bereits dunkel, als du durch den Park schlenderst. Jetzt taucht schemenhaft der Brunnen auf und dein Herz schlägt schneller.
Ist da eine Gestalt zu sehen?
Ja! Das muss der Promi sein! Oder ist es nur jemand, der gerade zufällig dort seinen Hund spazieren führt?
Du schleichst näher, um das Gesicht des Promis zu erkennen.
Jetzt läuft der Unbekannte auf und ab und kommt dabei unter einer Straßenlaterne vorbei. Tatsächlich, das ist der Typ. Sehr gut!
Doch gerade, als du ihn ansprechen willst, bemerkst du eine zweite Gestalt ganz in der Nähe.
Ihr hattet doch ausgemacht, dass der Promi allein zum Brunnen kommt!

**Wenn du dich nicht beirren lässt,
lies weiter auf Seite** 36

**Wenn du lieber verschwindest,
lies weiter auf Seite** 114

Anonym rufst du bei der Polizei an und nennst alle Fakten. Zunächst will man dir nicht glauben, aber dann hört man dir doch ganz aufmerksam zu.
Du bist so in das Gespräch vertieft, dass du gar nicht bemerkst, wie sich dir von hinten ein Streifenwagen nähert.
Zwei Beamte nehmen dich fest.
„Tja, wie gut, dass du so lange mit uns telefoniert hast", sagt einer der Polizisten lächelnd. „Das gab uns genügend Zeit, dich über dein Handy zu orten. Und jetzt kommst du mit aufs Revier."
Dort stellt man dir viele unangenehme Fragen. Du windest dich heraus und behauptest, die CD nur an dich genommen zu haben, um die ganze Sache auffliegen zu lassen. Schließlich glaubt man dir – der Steuersünder und der Konsolenverkäufer aber werden geschnappt!
Man lobt dich sogar für deinen Einsatz.

Ende

Es fällt dir schwer, das Spiel zu ignorieren – aber es gelingt dir. Sogar die Mathearbeit läuft gut; jedenfalls hast du ein gutes Gefühl, als du sie abgibst.

In der Pause schaust du sofort auf dein Handy.

Oje, du hast einen guten Termin bei einer Futtermittelauktion verpasst. Folge: Jetzt musst du für das Futter viel tiefer in die Tasche greifen, als eigentlich nötig gewesen wäre.

Dein Budget schmilzt wie Butter in der Sonne. Im Onlineranking bist du ganz weit hinten. Peinlich, peinlich. Du musst besser werden, viel besser.

Dafür brauchst du dringend einen Erfolg.

Da bekommst du die Anfrage eines Mitspielers: Er will dir ein besonders wertvolles Pferd abkaufen und bietet in seiner Gier eigentlich viel zu viel.

Das ist die Chance – doch da ertönt der Gong, du musst zum Unterricht. Und jetzt?

**Wenn du mit dem Mitspieler handelst,
lies weiter auf Seite** 22

**Wenn du in die Schule läufst,
lies weiter auf Seite** 85

O nein, das darf doch nicht wahr sein!

Du drehst dich um und fliehst in Panik – genau vor ein Auto …

Im Krankenhaus wachst du auf. Dein rechtes Bein ist gebrochen.

Deine Eltern, Geschwister und ein paar Freunde kommen dich besuchen.

Nun packst du aus und erzählst alles. Du erntest viel Kopfschütteln. Aber alle sind froh, dass du dieses gefährliche Abenteuer einigermaßen heil überstanden hast. Das Bein wird in vier Wochen schon wieder gut belastbar sein, haben dir die Ärzte gesagt.

Natürlich interessiert sich auch die Polizei für den Fall. Und dank deiner Zeugenaussage gelingt es, den Konsolenhändler festzunehmen. In der Konsole, die du ausgeliefert hattest, waren Drogen versteckt gewesen. Dafür war das viele Geld, das du dem Händler eigentlich hättest bringen sollen.

In deinem Fall belassen es die Ermittlungsbehörden bei einer Ermahnung; auch deshalb, weil du dir noch nie etwas hast zuschulden kommen lassen – Glück gehabt!

Ende

100

Hektisch telefonierst du – aber du kannst nur eine vage Beschreibung des Mannes geben, der auf dich geschossen hat. Trotz einer sofort eingeleiteten Großfahndung bleibt der brutale Kerl verschwunden.

Sehr schade. Aber immerhin bist du unbeschadet aus diesem Abenteuer herausgekommen!

Ende

Angriff ist die beste Verteidigung. Du hast jetzt immerhin ein besseres Schwert als noch zu Beginn des Spiels. Und mit dieser Waffe lehrst du deine Gegner das Fürchten. Einer nach dem anderen sinkt zu Boden. *Game over* heißt es für die! Schließlich ist nur noch der Händler übrig.

„Nicht schlecht, das war wirklich nicht schlecht", lobt er dich, während ihr euch lauernd umkreist. „Aber jetzt ist Schluss."

„Sehr gut!", erwiderst du. „Dann ist das Spiel endlich vorbei. Übrigens will ich selbst bestimmen, wann es zu Ende ist."

„Das kannst du nicht, denn ich habe die Macht über die Konsolen und die Spieler!", ruft der Händler. „Du gehörst mir! Du spielst mit, solange ich es will!"

„Dann werde ich jetzt dir und dem Spiel ein Ende bereiten", sagst du entschlossen.

Ein furchtbarer Kampf entbrennt. Immer wieder treffen eure Waffen Funken schlagend aufeinander. Der Händler ist kräftiger als du, aber auch um einiges älter. Du hast die bessere Kondition und machst ihn müde. Als er erneut ausholt, um dich mit einem gewaltigen Hieb niederzustrecken, fegst du ihm mit einem Tritt das Standbein weg. Er kracht zu Boden. Zack, jetzt schlägst du ihm das Schwert aus der Hand. Nun muss sich der Händler ergeben. Es bleibt ihm auch nichts anderes übrig, als dich aus dem Spiel zu entlassen.

Die Konsole verkaufst du noch am selben Abend in einem Onlineshop meistbietend!

Ende

Der Hund tut dir nichts und du klopfst an.
Ein Kräuterweiblein öffnet und bittet dich herein. Die Frau ist gebeugt und uralt und hat eine riesige Warze auf der rechten Wange. Über der offenen Feuerstelle hängt ein Kessel, in dem irgendetwas kocht.
Hoffentlich Fleisch!, denkst du.
Dein Magen knurrt laut und vernehmlich.
„Hast wohl Hunger, junger Mann", sagt die Frau.
„O ja!", erwiderst du.
„Dann bediene dich, es ist noch genug da."
„Darf ich fragen, was du gekocht hast?", fragst du vorsichtshalber.
Die Alte lacht dich zahnlos an. „Natternsaft und Ameisenbrühe! Und ein wenig Maulwurfsalz sowie gestoßene Krötenleber. Lecker! Die Suppe verleiht dir magische Kräfte, Junge. Was glaubst du, warum ich 128 Jahre alt geworden bin? Hä, was glaubst du?"

Wenn du das Zeug probierst,
lies weiter auf Seite **8**

Wenn du die Suppe nicht anrührst,
lies weiter auf Seite **10**

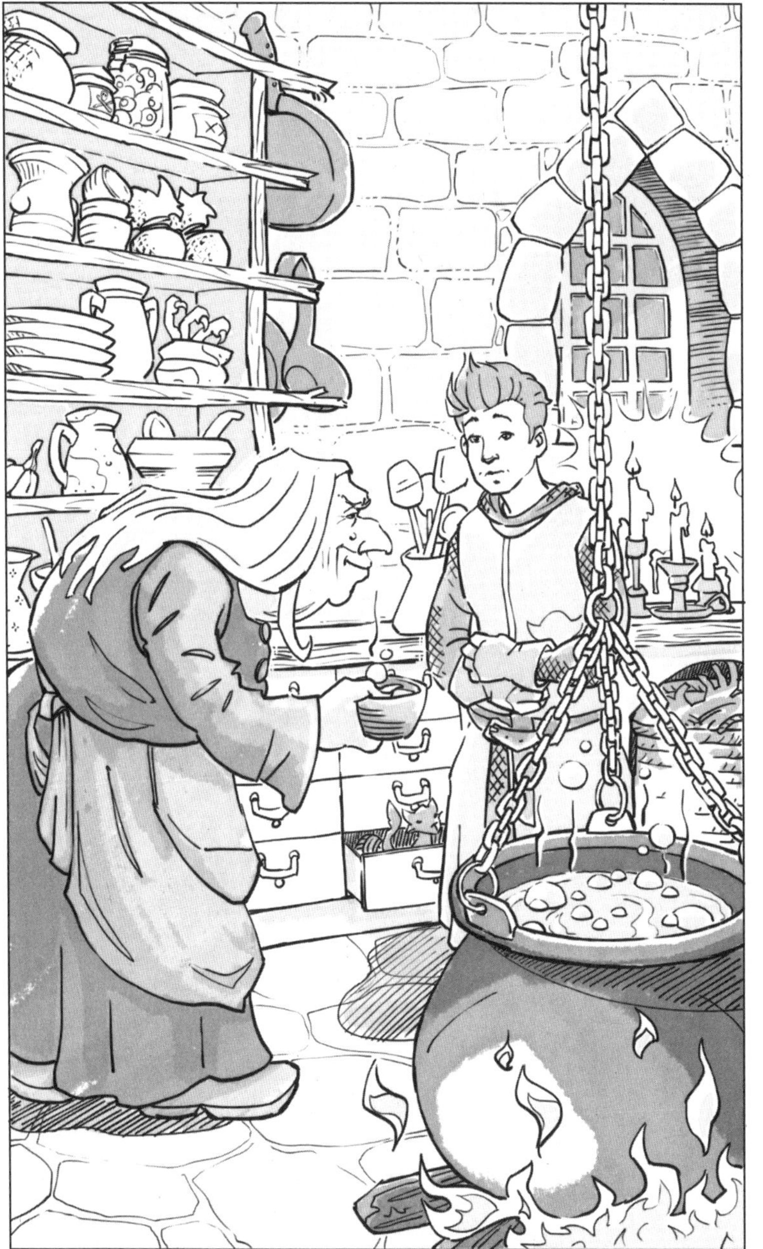

Nach einer halben Stunde schreckst du aus einem Albtraum
104 hoch. Dein Herz pocht wie wild.

Zum Glück war es nur ein böser Traum. Alles ist gut.

Oder auch nicht.

Denn während du im Reich der Träume warst, hat man dir dein gesamtes Gepäck gestohlen … auch das ganze Geld ist weg!

Ende

Nö, jetzt wird gepennt. Du vergräbst deinen Kopf unter dem Kissen und schläfst wieder ein.
Am nächsten Morgen schaust du gleich nach deinem neuen Spiel.
Oje, es hat sich selbst gelöscht! Nur eine kurze Nachricht ist geblieben:
So funktioniert das Spiel nicht. Während du geschlafen hast, hat dein Vieh Hunger und Durst gehabt. Du bist ein schlechter Farmerjunge. Du hast null Punkte und bist raus aus dem Spiel!
So ein Käse! Aber dann spielst du eben „Warriorland"!

Lies weiter auf Seite **39**

Du nimmst einen Stein und wirfst ihn über die Köpfe der anderen hinweg gegen einen Baum.
„He, was war das?", ruft einer deiner Gegner. Er und die anderen stehen auf und schauen nach. Für einen Moment ist ihr Lager unbewacht. Dein Ablenkungsmanöver hat funktioniert! Du nutzt die Chance und reißt dir das Schwert unter den Nagel.
Oh, da liegt ja auch noch etwas Hübsches: Eine randvolle Trinkflasche! Und ein Beutel, in dem bestimmt Gold ist! Und dort: ein Schild!

Wenn du dich lieber aus dem Staub machst, lies weiter auf Seite 38

Wenn du auch diese Sachen zusammenraffst, lies weiter auf Seite 84

Nichts da! Du sprintest los, den Koffer fest an dich gepresst. „Mach keinen Quatsch, bleib stehen!“, gellt die Stimme des Fremden hinter dir.
Von wegen – du willst schnell zurück zum Händler und deine Konsole bekommen!
Doch die bekommst du nicht. Denn der Fremde hinter dir ist zu allem entschlossen. Er zieht eine Pistole, und das Letzte, was du hörst, ist ein Schuss.
Die Kugel gilt dir.

Ende

Also zuckelst du mit einer S-Bahn zum nächsten großen Bahnhof. Dort kaufst du dir ein Ticket für einen Schnellzug, der dich nach München bringen soll. Dort wirst du sicher einen Anschlusszug finden, zum Beispiel nach Italien!
Guter Plan – denkst du.
Als du in den Zug nach München gestiegen bist, bemerkst du plötzlich einen Mann, der dir bekannt vorkommt: War das etwa der Händler? Verfolgt er dich?
O Gott! Du siehst noch mal genauer hin, aber jetzt wird der Verdächtige von anderen Passagieren verdeckt.

Wenn du dich dennoch lieber in der nächsten Toilette versteckst, lies weiter auf Seite 18

Wenn du wieder aussteigst, lies weiter auf Seite 74

ICE
ICE

Du musst das tolle Teil unbedingt haben. Also kratzt du dein ganzes Geld zusammen. Mit tausend Euro im Portemonnaie machst du dich auf den Weg zu dem Laden, der in einem Gewerbegebiet liegt.

Du rechnest damit, dass es sich um einen edlen Shop handelt – die würdige Umgebung für eine so tolle Konsole.

Doch du hast dich geirrt: Der Laden entpuppt sich als eine winzige graue Bude mit staubigen Scheiben.

Du zögerst einen Moment, doch dann siegt die Neugier. Du betrittst den Shop, in dem es nach Zigarettenqualm riecht.

Es folgt die nächste Überraschung. Der kleine Laden ist so gut wie leer. Es gibt nur ein Regal mit ein paar Spielen und Konsolen. Hinter einem Verkaufstresen hängt ein Mann mit verfilzten langen Haaren und einer Zigarette im Mundwinkel. Vor ihm liegt ein Revolver.

Wenn du sofort wieder umdrehst,
lies weiter auf Seite **17**

Wenn du nach der Konsole fragst,
lies weiter auf Seite **70**

Du irrst umher, suchst einen Ausweg. Aber es ist alles umsonst. Entweder stehst du plötzlich vor einer tiefen Schlucht oder vor einem reißenden Fluss. Keine Chance!
Was soll das? Wo ist der grüne Pfeil?
Du suchst noch eine halbe Stunde nach einem Weg, doch du findest ihn nicht. Entnervt gibst du auf, setzt die Brille ab und ziehst die Handschuhe aus.
Was für ein blödes Spiel. Von dieser Konsole hast du dir wesentlich mehr versprochen!
Von dem Spiel hast du erst einmal genug und triffst dich lieber mit deinen Freunden. Ihr spielt Karten und Fußball. Das macht mindestens genauso viel Spaß!

Ende

„Da bist du ja!", knurrt der Mann. „Wo ist mein Geld?"
„Auf den Malediven", antwortest du wahrheitsgemäß.
Der Händler wird rot vor Wut. „Das ist doch nicht dein Ernst, oder?"
„Doch, ist es", erwiderst du und berichtest, was dir passiert ist. Am Ende sagst du: „Ich weiß nicht, wofür Sie das Geld bekommen sollten. Ich will es auch gar nicht wissen. Aber ich kann mir denken, dass es irgendein mieses Geschäft war. Deshalb geben ich Ihnen einen Tipp: Hauen Sie ab und lassen Sie mich in Ruhe. Sonst rufe ich die Polizei. Die wird sich garantiert für Ihre dreckigen Geschäfte interessieren."
Der Mann zögert, doch er scheint zu wissen, dass du recht hast. Also verkrümelt er sich.
Deinen Eltern und Freunden erzählst du eine absolut fantastische Geschichte, die man dir sogar abnimmt.
Du überlegst lang hin und her, ob du nicht doch zur Polizei gehen sollst, um den Händler anzuzeigen. Aber dann würdest auch du bestimmt eine Menge Ärger bekommen.
Also lässt du es bleiben. Glücklicherweise macht der Konsolenverkäufer dir tatsächlich keine Schwierigkeiten mehr.

Ende

Wow, da ist unglaublich viel Geld drin! Bestimmt eine Million!
Dir wird klar, dass in der Konsole irgendetwas sehr Wertvolles gewesen sein muss.
Dir wird abwechselnd heiß und kalt. Was wäre, wenn du dir die Kohle unter den Nagel reißt?
Klar, das ist bestimmt ein hohes Risiko, auf der anderen Seite wärst du mit einem Schlag stinkreich.
Ja, reich sein! Davon hast du doch immer geträumt …

Wenn du das Geld behältst, lies weiter auf Seite 44

Wenn du das Geld doch lieber bei dem Händler ablieferst, lies weiter auf Seite 65

Das wird dir alles zu heiß. Wer weiß: Vielleicht ist der dritte Mann ein Gangster, der dich ausschalten soll, damit sich der Promi die CD schnappen und sie vernichten kann.
Da läufst du lieber wieder nach Hause.
In deinem Zimmer drehst du die CD in den Händen. Was sollst du tun? Sie wegschmeißen, weil sie dir nur Ärger bringen wird?
Oder …
Genau, das ist eine gute Idee. Du schiebst die CD in einen Umschlag und schickst sie ohne Absender zum nächsten Polizeirevier!
Einige Tage später erfährst du aus der Presse, dass ein ganz bestimmter Prominenter wegen Steuerhinterziehung angeklagt wird!

Ende

Du willst das Fußballspiel starten. Doch da wird der Bildschirm schwarz.
Was ist das? Ist das Ding kaputt? Bitte nicht!
Plötzlich flackert ein Licht auf. Zunächst ist es nur ein heller Punkt, der sich rasch nach links und rechts ausbreitet. Nun teilt ein goldfarbener Strich den Bildschirm. Langsam wird er breiter und nun ist ein Schriftzug zu erkennen.
Du kneifst die Augen zusammen. Was ist hier los?
Sie ist da, steht dort. *Play Xtrem. Die Konsole. Die Welt. Vergiss alles andere. Bist du bereit?*
Bereit – wofür?
Wieder flackert der Schriftzug. Jetzt ist ein Link zu sehen. Natürlich klickst du darauf und erfährst drei Dinge: Erstens, dass diese Konsole tatsächlich völlig neue Möglichkeiten bietet. Zweitens eine Adresse, wo es diese supertolle Konsole geben soll. Und drittens den Preis: 1000 Euro.
Wie bitte? Das ist doch viel zu teuer!

**Wenn du auf die Konsole pfeifst,
lies weiter auf Seite** **19**

**Wenn du dir das Ding kaufen willst,
lies weiter auf Seite** **110**

116

So, fertig!
Jetzt kann dich niemand mehr stoppen, jetzt wird endlich gezockt!
Schon hast du das gute alte Gamepad wieder in den Händen – doch da vibriert dein Handy. Eine SMS. Eigentlich willst du sie dir gar nicht anschauen, aber wie das so ist: Tut man es nicht, stirbt man vor Neugier. Man könnte schließlich etwas Wichtiges verpassen.
Oder?

Wenn du dir die SMS anschaust,
lies weiter auf Seite 9

Wenn du die SMS ignorierst,
lies weiter auf Seite 115

Ravensburger Bücher

Geheime Missionen

ISBN 978-3-473-**52555**-3

Gefährliche Reisen

ISBN 978-3-473-**52556**-0

RTB_15_087

www.ravensburger.de

**Leseprobe aus dem
Ravensburger Taschenbuch 52567
„1000 Gefahren in der Wildnis"
von Fabian Lenk**

Was für ein Land! So grün und weit. Ein schier unendliches Meer aus wogenden Baumwipfeln. Der brasilianische Bundesstaat Mato Grosso ist nur zum Teil erforscht und birgt ungeahnte Geheimnisse und Gefahren. Er ist ein Paradies für Tiere und Pflanzen.

Doch die Idylle ist gefährdet. Skrupellose Großgrundbesitzer roden den Urwald, um das Holz teuer zu verkaufen. Oder sie brennen die uralten Bäume nieder, um Platz für ihre riesigen Plantagen zu schaffen. Wer sich ihnen entgegenstellt, wird bedroht und muss sogar um sein Leben fürchten.

Menschen? Gibt's hier nur wenige. Mato Grosso hat eine Fläche von etwa 900.000 Quadratkilometern und ist damit fast dreimal so groß wie Deutschland. Aber in diesem riesigen Gebiet leben nur drei Millionen Menschen!

Tja, und einer davon bist du: Raffael. Jedenfalls für drei Wochen. Im Rahmen eines internationalen Feriencamps bist du zu Gast in Porto Cercado, einem Dorf in Mato Grosso.

Im Camp sind rund zweihundert Jugendliche aus der ganzen Welt. Ihr alle freut euch auf spannende Abenteuer im Urwald. Unter anderem sind Expeditionen in die grüne Hölle des Dschungels und Touren auf den zahlreichen Flüssen geplant. Ihr wollt seltene Tiere beobachten, fotografieren und filmen. Du weißt, dass es hier eine Menge gefährlicher Tiere gibt, aber gerade das reizt dich. Du kannst es kaum erwarten, bis die Expedition beginnt.

Lies weiter auf Seite 107

8

Als der Mann fast vor dir steht, springst du ihn an. Er reißt die Pistole hoch, aber du bist schneller und versetzt ihm einen hübschen Faustschlag. Der Pistolero sackt in sich zusammen. Du schnappst dir seine Waffe, springst auf die Tonne und von dort auf ein Flachdach am Rand des Hofes. Hier legst du dich auf die Lauer, die Pistole im Anschlag.

Der wie verrückt bellende Hund hat die anderen Pistoleros alarmiert. Im Hof finden sie ihren bewusstlosen Kollegen.

„Was ist los? Pennst du oder bist du mal wieder betrunken?", schnauzen sie ihn an. „Und wo ist deine Waffe?"

„Kommt, wir müssen los, das Dorf ausräuchern!", drängt der Mann, der gerade vom Boss zusammengestaucht wurde. Er steigt in eines der Autos und lässt den Motor an.

Du zielst und drückst ab. Die Kugel zerfetzt einen Reifen. Guter Schuss! Peng, peng, peng – du zerstörst die anderen Reifen.

Doch jetzt erwidern die Schurken das Feuer. Da schießt du auf den Tank des Pick-ups. Volltreffer! Der Wagen explodiert. Rasend schnell greift das Feuer auf die anderen Autos über, die Flotte des Sojabohnenkönigs wird zerstört. Im allgemeinen Chaos gelingt dir die Flucht. Du schaffst es bis zur Straße, wo dich ein netter Opa nach Porto Cercado mitnimmt. Dort berichtest du. Ines sorgt dafür, dass dem Sojabohnenkönig das Handwerk gelegt wird. Dabei ist deine Zeugenaussage Gold wert!

Ende

Ihr sitzt in der einfachen Fischerhütte von Ines' Eltern. Draußen rauscht der Rio Cuiabá vorbei, ein breiter Strom.
Ines' Eltern sind zu einem Fest gegangen, aber ihre Oma ist da. Sie sitzt in einem Schaukelstuhl und erzählt im Schein einer Petroleumlampe spannende Geschichten. Ihr hängt an ihren Lippen.
Die alte Frau ist dürr wie ein Zaunpfahl und sieht aus, als wäre sie über hundert Jahre alt. Ihr Gesicht erinnert dich an eine verhutzelte Pflaume. Doch die Oma ist ein Energiebündel, sie erzählt mit Händen und Füßen.
„Wisst ihr eigentlich, dass es hier eine berühmte Stadt geben soll – die Stadt des Goldes?", fragt sie jetzt.
Du bist sofort Feuer und Flamme. „Stadt des Goldes? Nein, nie gehört."
„Ich auch nicht", sagt Bob. Chiara schüttelt ebenfalls nur den Kopf.
Die Alte lächelt und zeigt dabei ihr höchst unvollständiges Gebiss.
„Sie heißt Manoa", wispert sie. „Die Stadt liegt im Dschungel von Mato Grosso und wurde einst von den Inka errichtet. Vor vielen Jahrhunderten wurden die Inka von den gierigen Eroberern aus Spanien angegriffen. Die Inka rafften ihr ganzes Gold zusammen und flohen in den Dschungel. Dort bauten sie Manoa, die Stadt des Goldes …"
„Wo genau liegt dieser Ort denn?", fragst du.

Lies weiter auf Seite 97

„Ich werde ihn schnappen", kündigst du an. „Kannst du dich unterdessen um Chiara kümmern, Ines?"

„Natürlich, ich werde Heilkräuter sammeln und ihr einen Verband anlegen", erwidert sie. „Aber pass auf dich auf. Und komm bald zurück, damit wir Chiara nach Porto Cercado tragen können."

Du nickst. Dann läufst du los. Du kämpfst dich den Hang auch ohne Seil hinauf. Mehrfach rutschst du ab, aber schließlich hast du es geschafft. Als du oben bist, siehst auch du die halb vom Urwald überwucherte Stadt mit einer stattlichen, stufenförmigen Pyramide. Manoa – was für ein erhabener Anblick!

Doch du bist nicht hier, um die Aussicht zu genießen, sondern um einen skrupellosen Verräter zu schnappen.

Du kletterst auf der anderen Seite des Hangs hinunter und näherst dich vorsichtig der verlassenen Stadt. Sorgsam in alle Richtungen spähend schlüpfst du durch eines der mächtigen Stadttore.

Da vorn ist Bob! Er klettert gerade die Stufen zur Pyramide hinauf. Oben auf der Plattform ist ein Heiligtum der Inka, vermutest du. Und vielleicht gibt es da auch jede Menge Gold!

**Wenn du Bob folgst,
lies weiter auf Seite** **54**

**Wenn du unten auf ihn wartest,
lies weiter auf Seite** **111**

Am nächsten Morgen verlässt du allein das Camp. Du hast die Erlaubnis erhalten, dich in der Nähe der Zeltstadt umzuschauen, sollst dich aber nicht mehr als zweihundert Meter entfernen. Die Campleitung hat Angst, dass du dich verlaufen könntest.

Du versprichst, in der Nähe zu bleiben.

Schon immer hast du dich sehr für Pflanzen und Tiere interessiert. Nun willst du möglichst viele Fotos machen.

Bewaffnet mit deiner Kamera dringst du in den Dschungel vor. Du bist allein, allein mit der Natur. Schon früh am Morgen ist es sehr warm. Der Urwald dampft förmlich.

Ha, da entdeckst du am mächtigen Wurzelwerk eines Baumriesen eine wunderschöne Pflanze mit einer roten Blüte. Sofort zückst du die Kamera und hebst sie vor dein Gesicht.

In diesem Moment bemerkst du eine rasche Bewegung im Gebüsch links von dir. Du hältst inne. Was war das gewesen? Ein Tier? Oder etwa ... ein Mensch? Bist du doch nicht allein? Wirst du beobachtet?

Wenn du dich lieber um deine Fotos kümmerst, lies weiter auf Seite 76

Wenn du nachsiehst, lies weiter auf Seite 103

Das wollen wir doch mal sehen!, denkst du und prügelst mit
12 dem Ast wild um dich.

Die Äffchen sind jedoch sehr schnell und geschickt und weichen deinen etwas unbeholfenen Attacken mühelos aus. Sie umringen dich und eines der Tiere springt dich von hinten an. Du greifst in deinen Nacken, um den Affen loszuwerden. Dabei verlierst du das Gleichgewicht und stürzt in die Tiefe …

Ende

Ja! Du wirst die legendäre Goldstadt finden. Immer dem Fluss nach, kein Problem! Und wenn du die Stadt erst einmal gefunden hast, bist du ein reicher Mann.
Aber teilen willst du das viele Gold nicht, also wirst du einen Alleingang wagen.
Gleich am nächsten Tag verlässt du in aller Herrgottsfrühe das Camp und schleichst zu dem kleinen Hafen des Dorfes. Du hast einige Flaschen Wasser, eine Machete und ein paar Butterbrote dabei. Du willst dir eines der Kanus der Dorfbewohner ausleihen und schnell verschwinden. Klar, die Campleitung wird furchtbar aufgeregt sein, weil du weg bist, aber das nimmst du in Kauf.
Schon sitzt du einem Boot. Leinen los! Die Strömung des Rio Cuiabá trägt dich fort!
Gold, ich komme!, denkst du.
Doch dein heimlicher Ausflug dauert nicht lange. Fischer aus Porto Cercado entdecken dich und halten dich auf. Sie erkennen sofort, dass du ein Boot gestohlen hast und werden furchtbar wütend. Man bringt dich ins Camp zurück.
Zur Strafe wirst du nach Hause geschickt. Was für eine Schmach!

Ende

14 Immerhin habt ihr ein Seil dabei. Also werdet ihr es schon schaffen, da bist du dir sicher.

„Okay, Bob, geh du voran!“

Dein Freund lässt sich nicht zweimal bitten. Mit dem Seil über der Schulter klettert er den Hang hinauf.

„Wenn ich oben bin, werde ich das Seil irgendwo befestigen. Dann könnt ihr euch daran hochziehen!“, ruft er.

Schon ist er unterwegs.

Ihr beobachtet, wie Bob den Hang erklimmt und schließlich oben ankommt. Dort stößt er einen Schrei aus.

„Da liegt eine Stadt, die halb überwuchert ist. Das ist garantiert Manoa!“, brüllt er. „Bald sind wir reich!“

„Das Seil, wirf uns das Seil zu!“, fordert Chiara.

Bob bindet das Seil an einem Baumstamm fest und wickelt es ab. Das eine Ende baumelt wenig später vor euren Nasen.

Mit der Hilfe des Seiles kommst du gut voran. Auch die beiden Mädchen benutzen es, um den Hang zu erklimmen. Jetzt hängt ihr zu dritt am Seil.

Wenig später siehst du Bob. Er steht etwa zwei Meter über dir an dem Baum, an dem das Seil befestigt ist.

Plötzlich hebt er seine Machete.

„Ich habe keine Lust, mit euch zu teilen. Macht's gut!“, sagt er böse.

Lies weiter auf Seite 20